단정한 기억

단정한 기억

유성호 산문

교유서가

작가의 말

산문집이라는 이름으로 처음 책을 낸다. 오래도록 써온 글들인지라 하나의 범주로 묶기에는 여러모로 난점이 있었다. 칼럼도 있고, 짤막한 비평적 에세이도 있으며, 생활감각에 기초한 미셀러니도 있었기 때문이다. 물론 개개의 글은 모두 숨길 수 없는 지난날 나의 경험과 생각의 잘잘못을 선명하게 반영하고 있을 터이다. 일찍이 T. W. 아도르노는 "에세이스트는 실험하며 글을 쓰는 사람, 대상을 여기저기 조사하고 물어보고 모색하고 시험하고 순간마다 철저하게 자기 자신을 반성해보는 사람, 다각도에서 대상에 몰두하며, 자기가 본 것을 마음의 눈에 집중시키는 사람, 글을 쓰면서 생겨난 여러 조건이 제시하는 새로운 내용을 그때그때 음미하고 이용하는 사람이다"라고 말한 적이 있다. 그 점에서 이번 산문집을 계기로 나는 어쩌면 에세이스트를 꿈꾸는 도정에 접어들었는지도 모르겠다. 딱딱하고 규준이 정해져 있는 논문이나 평론에서 조금 비켜서면서, 나는 이러한 글쓰기가 비교적 자유롭고 또 경험적인 부분을 많이 개입시키면서 이루어진다는 것을 최대한의 장점으로 누렸다. 이제는 실험하며 물어보고 반성하고 몰두하며 집중하고 음미하는 과정으로서의 에세이를 가파르게 선호하게 될 것 같다.

이 책은 모두 5부로 구성하였고, 각 부에는 비교적 공통의 관심으로 묶일 수 있는 글들을 모아보았다. 1부는 비교적 사적인 기억과 경험을 담은 신변적 에세이들이다. 가장 직접적인 경험들이 들어 있는, 비교적 친숙하게 읽힐 자전적 글들이라고 생각된다. 2부는 칼럼들을 모았는데, 인생과 청춘과 사랑, 언어와 여행과 기억에 관한 사유의 글들을 실었다. 명료한 논리적 결과가 비교적 선명한 필치로 쓰여 있을 것이다. 3부는 문학이나 예술과 관련한 문헌과 영화나 어떤 움직임들에 관한 에세이들이다. 우리 시대를 성찰하게 하는 고전들을 통해 돌아봄의 시간을 가져본 글들이다. 4부는 문학사에 기록된 여러 인물을 통해 그분들의 세계를 돌아보고, 나아가 우리 시대에 기록해가야 할 그분들의 어떤 정신적 고갱이에 대해서도 의견을 피력해보았다. 나혜석, 정지용, 채동선, 서정주, 윤동주, 마광수, 황현산, 기형도 등이 호출되고 있다. 마지막 5부는 종교적 관심을 풀어본 결과인데, 성서에 관한 에세이도 있고, 종교적 관점에서 바라보아야 하는 인간 존재의 보편적 조건에 관한 성찰의 글도 여럿 있다. 실존적 탐구와 고백이 자연스럽게 어우러진 결실일 것이다.

이러한 구성과 내용을 가진 『단정한 기억』은, 제목이 지향하는 것처럼, 어수선한 세상의 논리를 일견 수용하고 일견 거절하면서 새로운 질서를 만들어가고자 하는 의지를 담았다고 할 수 있다. 많은 분들이 읽고 '자연인 유성호'의 생각과 느낌과 지향에 공감적 질정叱正을 해주시리라 소망해본다. 부족한 것은 채워나가고 지나친 것은 덜어나가리라 다짐도 해본다. 문학의 힘과 꿈을 가르쳐주셨고 지금은 모두 학교를 떠나신 모교 은사님들께 깊은 감사의 인사를 올린다. 산만한 글들을 한자리에 모아주신 교유서가 신정민 대표께는 무어라 감사의 말씀을 드려야 할지 모르겠다. 한양대 국문과와 연세리트와 여러 문우들을 떠올리면서, 더욱 긴장하며 읽고 쓸 도리밖에 없다는 해묵은 진실을 다시 한번 생각해본다. 마지막으로 이 글들이 펼쳐져가는 구체적 문맥에 언제나 함께 있었고 앞으로도 그 도정에 함께할 친구이자 동지인 아내 이은정에게 깊은 감사의 말을 전하고 싶다.

2019년 여름이 다 가는 즈음

유성호

차례

2부 기억의 계보학

3부 소멸하지 않는 흔적들

4부 고유한 빛이자 빛으로

5부 부재하며 현존하는

1부

뜨겁고도 쓸쓸했던

아버지,
애잔하고도 깊은 이름

우리가 어릴 때 많이 불렀던 〈어머니의 노래〉는 그 당시 국보를 자처하던 양주동 박사의 작사로 지어졌다. "나실 제 괴로움 다 잊으시고 기르실 제 밤낮으로 애쓰는 마음"으로 시작되는 이 가없는 향모向母의 헌사는 아마도 모든 영혼의 성장기에 어머니의 지극한 사랑과 희생이 저류底流에 흐르고 있다는 사실을 에둘러 암시해주었을 것이다. 그 안에서는 모성의 신성함이 실감 있는 울림을 동반하면서 아득하게 퍼져만 갔다. 고려가요 「사모곡思母曲」에서 시작되는 이러한 모성 강조의 전통은 사부곡思父曲 맥락이 거의 없는 우리 형편을 선명하게 알려준다.

하지만 현대시로 오면 정지용의 「유리창」에서처럼 "고흔 폐혈관이 찢어진 채로/아아, 늬는 산새처럼 날러갔구나!" 하는 아버지의 애정 어린 탄식이나 "바쁜 사람들도/굳센 사람들도/바람과 같던 사람들도/집에 돌아오면 아버지가 된다"(김현승, 「아버지의 마음」)에서처럼 어린것들을 위하여 소박하고도 다정한 남자가 되는 아버지의 모습이 나타난다. 그런가 하면 박목월은 "굴욕과 굶주림과 추운 길을 걸어/내가 왔다./아버지가 왔다./아니 십구문반의 신발이 왔다./아니 지상에는/아버지라는 어설픈 것이/존재한다"(「가정」)라면서 아버지의 고단함과 누추함과 그럼에도 불구하고 가정을 향해 가지는 가없는 사랑을 노래하였고, 김수영은 "그것은 아버지 같은 잘못된 시간의/그릇된 명상이 아닐 거다"(「사랑의 변주곡」)라고 노래함으로써 아버지 세대가 겪어온 잘못되고 그릇된 것들을 아들 세대가 겪지 않기를 바라는 마음을 들려준 바 있다. 이렇게 '아버지'는 비록 "나실 제 괴로움"은 없으셨지만, 자식들을 향한 사랑과 연민과 노동과 기다림을 온몸으로 각인한 채, 때로는 엄한 표정으로 때로는 굽은 등으로 때로는 그저 곁에 계심으로써 자신의 존재증명을 해오셨을 것이다.

지난주에 아버지께서 돌아가셨다. 너무도 화창한, 티끌 하나 보이지 않는, 그래서 가뭇없는 봄날이었다. 아버지는 젊을 적부터 줄곧 미군부대에서 근무하셨다. 이 나라의 미군부대는 한 군데만 있는 것이 아니어서 아버지는 포천, 여주, 서산 등지로 옮겨다니셨다. 우리 형제들 고향이 서로 다른 것도 아버지 직장의 유동성에 까닭이 있었다. 내가 아버지의 직장을 처음 생각하게 된 것은 우리 가족이 여주에서 서울로 올라오고 아버지가 서산의 미군부대로 나가시던 때부터였을 것이다. 아버지는 월요일이면 우리가 일어나기도 전인 이른 새벽에 서산으로 어김없이 떠나셨다. 그러고는 그다음 주 금요일 밤에 돌아오셨고, 겨우 사흘 머물다가 다시 서산으로 떠나곤 하셨다. 그래서 우리 형제들은 어린 시절을 거의 어머니와 보냈고, 나는 아버지가 떠나시고 이틀 후쯤 아버지께 편지를 썼고, 그러면 아버지의 답장이 그다음 주초쯤 꼭 도착했던 것 같다.

그렇게 아버지는 내게 늘 부재나 기다림의 모습으로 계셨다. 그러다가 나는 초등학교 4학년 때 처음 서산의 미군부대에 가볼 수 있었다. 거기서는 덩치 큰 미군들 사이에서 아버지가 얼마나 '작은 거인'(이름 그대로 아버지는 체구가 매우 작은 분이다)으로 서 계시는가를 한껏 느꼈다. 어린 눈에도 아버지는 후방 미군부대의 행정 일을 맡아 하시면서, 성실함과 일관성으로 동료들의 신뢰를 한몸에 받고 계셨다. 내 기억에 지금도 선명한 것은, 초등학교 학력이 전부인 아버지가 그 낯선 이방 직장에서 보여주신 충실성과 타인들로부터 받은 미더움이었다. 젊음을 바친 그 직장에서 아버지는 80년대 초반에 은퇴하셨다. 이제 우리나라 전역에 미군부대가 점차 줄고 있는 것을 목격하면서도, 내게 아버지는 언제나 세련된 미군들과 어깨를 나란히 하셨던 그 우뚝함으로 서 계신다. 진정한 존경에는 공포나 억압이 아닌 연민과 자랑이 담겨 있는 법이다. 새삼 아버지가 저멀리서 연민과 자랑으로 다가오신다. 그래서 나는 "아버지라는 어설픈 것"을 넘어 계시는 나의 '아버지'를 오랜 후 만나, 꼼짝없이 당신을 반도 못 좇아간 시간을 고백하면서, 다시 한번 아버지라는 애잔하고도 깊은 이름을 목청껏 눈부시게 불러볼 것이다.

생은 다른 곳에
—추억과 흔적

여기 물방울 하나가 한동안 머물다가 날아가버린 '흔적'이 있다. 이 마른 '흔적'은, 지금은 그 물방울이 존재하지 않는다는 더없이 확실한 물증이지만, 한때 물방울이 존재했었다는 가장 유력한 알리바이이기도 하다. 그래서 우리는 그 물방울을 현실적으로 돌이킬 수는 없지만, "물방울이 여기 있었다"라고 말할 수는 있다. 곧 물방울의 '흔적'은, 일정한 시간을 사이에 둔, 물방울의 '존재/부재'를 동시에 입증하는 실체다. 비유하자면, 우리의 삶도 이 물방울의 마른 '흔적'과 같다. 언젠가 존재했던 것들에 대한 소중한 '기억'과, 이제는 그것들이 한결같이 우리 곁에 존재하지 않는다는 끔찍한 '실감' 사이에서 살아가니까 말이다.

그런데 사람은 누구나 자신의 '흔적'이 타인의 기억 속에 각별하게 새겨지기를 바란다. 물론 누가 알아주건 말건 아예 초연한 사람이 없지 않지만, 대부분은 자신이 타인의 기억 속에서 가장 직접적이고 중요한 목적어가 되기를 욕망한다. 자신의 생의 한순간이 사랑하는 사람의 기억 속에 뚜렷이 각인되어 항구적으로 남아주기를 그들은 안타깝고 뜨겁게 열망한다. 그래서 생의 어느 한순간이 기억 속에 스스로의 활력으로 남아 있게 되면 사람들은 그것을 '추억'이라 부른다. 이때 '추억'은 그냥 건조하게 머릿속에 남아 있는 '메모리'와는 다른 '꿈꾸는 기억'으로 거듭난다. 기억이 꿈을 꾸다니? 기억되던 그 순간의 온기와 실감으로 새록새록 살아나는 '꿈꾸는 기억', 그것이 말하자면 저마다의 가슴속에 남아 있는 '추억'이다. 그러니 '추억'은 물방울 자체가 아니라 물방울의 '흔적'과 같은 것이다. 그런데 누구는 이 물방울의 '흔적'보다는 물방울 자체에 대한 미련과 집착으로 시간과 힘을 낭비한다. 그리워하는 마음보다 그리워하는 대상 자체에 골몰하는 것이다. 그러나 그리움은 그리움의 행위 자체에서 빛을 발하고 그 빛을 통해 생의 아름다움을 완성해가는 것이지, 그리움의 대상을 획득하는 데 목적이 있는 것이 아니다. 그러니 모든 재회가 다 아름다운 것은 아닐 것이다.

우리 가요 중 최백호의 〈낭만에 대하여〉에는 "첫사랑 그 소녀는 어디에서 나처럼 늙어갈까"라는 구절이 나온다. 만약에라도 그 '늙어가는' 첫사랑을 우연히 만나게 되면 어떨까. 그 순간 반가움과 상실감이 동시에 밀려올 것이다. 그러니 '추억'은 그리움의 깊이로만 완성되는 것이지, 그것을 현실화하려는 욕망이 앞서면 추억에서 '꿈'이 빠져나가게 되고 현재의 물리적 어색함만 남게 되는 것이다. 지금도 우리 기억에 남아 있는 프랑스 영화 〈무도회의 수첩〉이나 〈쉘부르의 우산〉은 연인들의 쑥스럽고 어색한 재회 장면을 그리고 있다. 그들은 서로 만나자 곧 서로를 잃어버린다. 현실 속 그 사람을 받아들이지 못하고 동시에 추억 속의 시간마저 잃어버린다. 오래된 한국 영화 〈겨울 나그네〉에서도 사랑하는 연인인 민우와 다혜가 어색하게 만나는 장면 또한 반가움보다는 안타까움을 담고 있다.

예전 TV 프로 가운데 〈TV는 사랑을 싣고〉라는 것이 있었는데, 이는 그 점에서 매우 역설적인 프로그램이었다. 나는 그 프로를 보면서 가끔 엉뚱한 상상을 하곤 했는데, 그것은 방송국에서 정성을 다해 찾아낸 유명인사의 첫사랑, 그들 사이에 일고 무너지는 오래된 관계와 새로운 관계에 대한 것이다. 자, 상상해보자. 그들은 오랜 시간을 되돌리면서 '그때'의 추억 속으로 간다. 추억 속에서 되불러낸 그 첫사랑을 방송국 스튜디오라는 현실 공간에서 짧게 만난다. 반갑다. 너무도 변해버린 그 아이가 어색했지만 그것도 잠시, 반가움에 눈물 흘린다. 방송이 끝나고 그들은 그동안 쌓였던 이야기를 올올이 풀어가겠지. 이처럼 시간의 저편에 있던 한 사람을 추억 속에서 불러내 현실에서 만난 후, 그다음은 어떻게 될까. 그 추억 속의 사람을 이제는 그 추억의 힘만큼 만나갈 수 있을까. 오히려 그가 추억 속에 있을 때보다 그 만남이 더 왜소하고 가난하게 되지는 않을까.

"小學校 때 冊床을 같이 했던 아이들의 이름과 佩, 鏡, 玉 이런 異國少女들의 이름과, 벌써 아기 어머니가 된 계집애들의 이름과, 가난한 이웃 사람들의 이름과, 비둘기, 강아지, 토끼, 노새, 노루, 프랑시스 잠, 라이너 마리아 릴케, 이런 詩人의 이름을 불러봅니다"(「별 헤는 밤」)라고 노래한 이는 시인 윤동주였다. 추억 속의 대상을 안타깝게 호명하는 시인의 목소리 속에서 그들은 역설적으로 불멸한다. 우리가 고등학교 다닐 때 배웠던, 피천득의 수필 「인연」의 마지막 장면도 떠오르지 않는가.

> 그리워하는데도 한 번 만나고는 못 만나게 되기도 하고, 일생을 못 잊으면서도 아니 만나고 살기도 한다. 아사코와 나는 세 번 만났다. 세 번째는 아니 만났어야 좋았을 것이다. 오는 주말에는 춘천에 갔다 오려 한다. 소양강 가을 경치가 아름다울 것이다.

그가 세번째로 만난 아사코의 시들어가는 얼굴은 그의 추억 속에 있던 아사코의 그것이 아니었다. 그는 아사코를 만나는 순간, 아사코를 되찾은 것이 아니라 잃어버렸다. 이렇게 생은 만남으로 충족되는 것이 아니라, 끝없는 결핍이 부르는 그리움에서 완성되는 역설의 그 무엇이다. 그러니 "일생을 못 잊으면서도 아니 만나고 살기도 한다"지 않은가.

저마다의 생의 가치는 이처럼 '추억'의 부피만큼만 헤아릴 수 있는 것이다. 누구라서 인생의 의미와 가치를 명료한 척도로 계측할 수 있겠는가. 다만 자신의 시간 속에서 길어올린 '추억'이 불러주는 꿈을 통해 이 불모와 결핍의 생을 견뎌가는 힘에서 생은 갈라지는 것이다. 따라서 우리의 생의 가치는, 분주한 일상이나 만나는 사람들의 머릿수에서 결정되는 게 아니라, 우리의 추억 속에 살아 움직이는 '흔적'의 활력과 온기에서 입증된다. 그러나 추억이 아무에게나 저절로 오는 것은 아니다. 그것은 그 순간의 생을 가장 치열하게 살아간 이들에게만 남는 물방울의 '흔적' 같은 것이니, 생의 추억이 많은 사람은 그만큼 의욕적이고 치열하게 살아간 사람일 것이다.

체코 출신의 세계적인 작가 쿤데라의 장편 『생은 다른 곳에』는 프랑스의 시인 랭보의 시에서 제목을 따왔다. 거기에는 사랑이라는 이름으로 벌어지는 온갖 생의 아이러니가 담겨 있다. 이 작품의 제목은 우리의 생이 갑자기 낯선 방식으로 완성될 것임을 암시하고 있다.

생은 '다른 곳'에 있다. 추억의 저편에. '흔적'으로만.

단정한 기억

—문학적 자전을 위하여

'문학적'이라는 확연한 에피셋이 붙었으니, 살아온 이력 그대로가 아니라 문학적 마디들의 연속체를 떠올릴 수밖에 없을 것 같다. 짧은 분량이니 그저 단편적 기억에 머무르지 않을까 생각해 본다. 하지만 가지런하고 단정한 기억을 쓸 수도 있을 것 같다. 문학적 생애라면, 크게 보아 어릴 적 습작에 골몰하던 시절과 대학원에 진학한 후 창작 아닌 메타언어에 종사하던 시절로 나누어야 할지 모르겠다. 문학 작품을 읽고 시를 창작하던 첫 기억은 당연히 중3 때의 어느 시간에 머문다. 다니던 학교가 삼성동에 있어서 우리는 봉은사로 몰려가 하계 백일장을 했던 것인데, 시제는 '여름'이었고, 그때 써낸 것이 틀림없는 내 첫 작품이었는데, 나는 전체 차상을 받았다. 며칠 후 교실 우측 상단에 설치된 스피커에서 내 이름이 호명될 때, 너무 좋아하여 친구들에게 핀잔 받던 때가 떠오른다. 1979년 6월 어느 날이었다. 얼마 후 10·26이 있었고 이듬해 나는 고등학교에 진학했다. 누군가로부터 전해진 것 같은, 어쩌면 내가 스스로 구입했을지도 모를, 박영사 판 소월 시집 『님의 노래』(2판, 1960)가 이 시절의 선명한 시적 기원起源이다. 1학년과 3학년 때 국어를 가르쳐주셨던 자칭 '악곤이' 윤순곤 선생님이 기억에 흐릿하게 남아 있다.

명지 문예부는 대단한 활기에 차 있었다. 토요일마다 모여서 입시와는 관계없는 시 합평회와 집담회 같은 것을 이어갔다. 나도 2학년 말까지는 약간 불성실한 대로 그 흐름에 동참했다. 그때 읽은 것이라고 해봐야 피천득, 전혜린, 박인환, 조병화 같은 인기 있는 분들 텍스트였지만, 그래도 누구나 그러했듯이, 활자와 치열하게 마주쳤던 것만으로도 10대 후반은 기억의 원적原籍 같은 역할을 하기에 충분하다. 나는 서슴없이 명지 문예부에서의 3년이 그랬다고 말한다. 제법 시를 많이 썼고 대학 문예현상 공모에서 두 차례 상을 받았다. 기진오 선생님과 우리 문예부 친구들이 기억에 남아 있다. 기진오 선생님은 정말 해박하고도 정확한 지식으로 우리를 매료시켰다. 특별히 국어 교과서에 실려 있던 문덕수 선생의 '한국의 현대시'라는 단원을 가르치실 때에는 신들린 듯한 문학사적 관점과 언어를 안겨주셨다. 한동안 흉내낸 그야말로 강의의 전범이었다. 유영기, 심기식, 한충우, 최태원, 민승기, 왕성호, 안민철 등이 이때의 친구들이다.

이때 나의 독시讀詩 경험을 증폭시킨 책은 조남익 시인의 『한국현대시해설』이었다. 이 책에서 나는 많은 현대시를 접했고, 욕심껏 외웠고, 또 그 목소리의 주인공들을 흠모했다. 그런데 이렇게 쓰는 게 자전인가? 스스로 '자自' 전할 '전傳'이니 괜찮을 듯도 하다.

그래도 내 문학적 자전의 첫 출발은 대학 시절이라고 해야 맞을 것이다. 이때의 한 해 한 해, 한 사람 한 사람에 대한 기억이 지금도 선명하고, 그동안은 문학이라는 것이 그저 주어져 있었지만 이때부터는 그런대로 내가 구성해갔으니 말이다. 여느 국문과처럼 우리도 교련복과 청바지로 대변되는 단색의 필름을 켜놓고 살았다. 유명한 시인도 스승으로 모셨지만 강의에 집중하던 시대는 이미 아니었다. 나는 선배들과 학회에서 어울리면서 '자구발', '세경' 같은 것을 읽었고, '엔엘'이니 '피디'니 하는 은어들을 익혔다. 2학년 때부터는 스스로 학회의 리더가 되어 후배들과 책을 읽는 모임을 이끌었다. 이때 나는 의외롭게도 세계문학 명작을 읽었다. 영국, 프랑스, 독일, 미국, 러시아 등 지금 생각하면 지나치게 서구 경도의 목록이었지만, 민족문학이 대세이던 시절에 서양 근대고전을 읽었던 것은 지금 생각해도 엉뚱한 일이었다. 후배들과는 그러했지만, 동기 권미선이 제의하여 동참한 문학회에서는 주로 사회과학책을 읽었으니 꼭 편식만 했던 것은 아니다. 그리고 별 갈등 없이 대학원에 진학하여 한국 현대시를 공부하리라 마음먹었다.

대학 시절, 신춘문예라는 데 작품을 내보았지만 번번이 떨어졌다. 나는 정확하게 말하면 대학 3학년이 끝나갈 무렵부터 정말 거짓말처럼 시를 쓰지 않게 되었다. 친구에게, 더 정확히 말하면 지금의 아내에게 준 졸업 축하 시가 실질적으로 마지막 작품이 되었다. 그후로 나는 기억의 고고학자가 되겠노라고 근대문학의 정전들을 파고 또 팠다. 지금도 나는 우리 또래의 누구보다 근대문학 정전들이 거느린 세목을 정확하게 기억하고 재현하는 데 자신감이 있다. 그만큼 이때의 독파와 기억에의 욕망은 대단했다고 할 수 있다. 천천히 창작은 멀어져갔고, 한때 그렇게 열심히 썼던 것 자체가 신기할 정도로 망각의 시간이 흘러버렸다. 지금도 그때 함께 공부했던 분들이 고맙고 또 고맙다. 이선영, 신동욱, 정현종, 마광수 선생님이 지금도 스스럼없이 소개하는 나의 스승들이시다. 그리고 나희덕, 변정수, 오문석, 조명주, 정해왕 같은 글쟁이들이 이때의 둘도 없는 친구들이다.

박사과정에 들어가니 자연스럽게 비평 청탁이 들어왔다. 청탁이라기보다는 선후배들이 알음알음으로 부탁한 글들이었다. 박사과정 내내 제법 썼다. 이때 유종호 선생님을 늦게나마 만나 뵐 수 있었다. 지금 내가 쓰는 비평의 기율과 방법은 선생님께 배우고 감염된 분량이 제일 크고 견고하다. 선생님의 지도로 학위논문을 썼고 그해에 남원으로 향했다. 행운이었다. 그때 창작으로는 못했던 신춘문예 당선을 비평 부문에서 했다. 서울신문사의 시상식에 갔더니 현직 교수로서 당선자는 처음이라고 했다. 괜히 우쭐해졌지만 곧바로 그만큼 늦었구나, 하는 생각이 뒤미처 따라왔다. 하지만 그때부터 정식으로 청탁이 들어오기 시작하여, 나는 지금까지 가장 분주한 비평가 가운데 한 사람으로 살고 있다. 문학을 처음 꿈꿀 때는 전혀 생각하지 못했던 삶이 아닐 수 없다. 자랑할 것도 창피해 할 것도 없는 분주한 비평가, 여전히 나는 성실하게 내게 주어진 타율적 글쓰기로서의 비평을 감당하고 있지만, 마음의 저류에는 근대문학 연구자로서의 고고학적 재현에 대한 욕망을 깊이 숨기고 있다. 그리고 비평가보다는 이 연구자로서의 길에 파이널 골을 두고 있다고 말할 수 있을 것 같다.

선후배 비평가들 중에 느지막이 창작을 병행하는 이들이 있다. 부럽기도 하지만 나는 애초에 그것을 포기했다. 조금 차분히 생각해보면, 비평이나 연구라고 창작에서 꼭 멀리 떨어져 있는 것은 아닐 것이다. 그것들은 모두 타인의 언어를 가지런히 혹은 풍부하게 분석하고 해명하고 증언하는 작업인 듯하지만, 그 안에는 양도할 수 없는 자기 언어를 담고 있기 때문이다. 꼭 창작이 아니더라도 나는 비평과 연구를 통해 자기 언어의 각인이 가능하다고 믿는다.

그리고 어쨌든 나는 또 한쪽으로 근대문학의 유산들을 애써 재구하고 평가하는 일에도 부족한 대로 골몰했다. 물론 이는 동시대 텍스트들에 대해 경의와 감동을 표하는 일과는 성격이 다르다. 오래전의 작가들이 꿈꾸고 절망했던 시간의 심연에서 나는 그들의 굽은 등과 외로운 그늘을 바라보면서 한없는 외경과 연민을 가지게 되었다. 그 외경과 연민의 힘으로 나의 근대문학 연구 과정은, 자료를 중시하면서도 상황적 특수성에 대한 판단을 가미하는 방법론을 통해 이어져갈 것이다. 그리고 그 시간이 나의 문학적 자전의 한켠을 여전히 차지해갈 것이다. 그 점에서 내게 연구와 비평은 메타적 정점에서 자기 언어를 꽃피우는 이형동궤의 작업일 것이다.

그리고 이제는 대학 선생이니까 저 혼자 바쁘게 굴지 않고 학생들과 어울려 공부하고 어려움도 함께 견딘 사람으로 남고 싶다. 학생들하고 공부 열심히 하는 선생이고 싶다. 비평가나 연구자로는 크게 변할 것이 없겠지만, 기왕이면 내 나름의 계획 속에서 내 글을 쓰는 쪽으로 가고 싶기도 하다. 나를 아끼는 분들이 많이 하는 걱정도, 타인의 요청으로 쓰는 글들이 많아지면서 생긴 우려 같다. 그런 글들은 겸손하게 받아들여 아주 제한적으로 평론가로서 부응하고, 나머지 시간은 연구자로서건 평론가로서건 자기 글쓰기와 자기 아이템 설계 그리고 인문학적 사유를 담는 그런 글쓰기 시간을 가져보려 한다. 성과는 미미할지라도 어쨌든 과정적으로 그렇게 한번 턴을 해보고 싶은 생각이 있다.

글을 쓰는 동안 수많은 이들을 만났고 또 기억한다. 쓰인 글에 대해 진정성 있는 고마움을 전해준 분들이, 나를 거절 못하는 반거들충이로 만드셨는지도 모르겠다. 어쨌든 거절 못하고, 또는 안 하고, 짧지 않은 세월을 비평적 글쓰기에 매달려왔다. 반면에 나는 그동안 한가로움과 영도零度의 충일함에서 너무 멀리 도망쳐왔다. 잡지도 여럿 만들어보았고, 강연이나 발표도 많이 했고, 책도 여럿 냈다. 참으로 분망한 시간을 이어왔다. 하지만 기억은 큰 굴곡 없이 단정하고 가지런하다. 자랑할 것도 무람할 것도 없는 세월이었다.

하지만 나는 이제 천천히 돌아보며 가야겠다. 선생으로서, 지아비로서, 아비로서, '문학적'이 아닌 '인간적'인 자전을 조금은 덜 부끄럽게 쓰기 위해서라도 말이다. 그리고 이 정도의 자전이라도 행복하게 쓸 수 있게 해준 사랑하는 가족들, 특별히 아내에게 지극한 고마움과 사랑을 전하고 싶다.

황홀한 운전,
스스로 움직이는 차

자동차가 정말로 귀하던 시절, 우리집과 나란히 살고 있던 성철이네 아저씨는 어느 사장님 자동차를 운전하는 분이었다. 해가 다 지고 난 늦은 저녁, 그분은 언제나 새까맣고 커다란 승용차를 몰고 귀가하였다. 물론 그분이 하루종일 몰고 다녔을 그 차의 주인은 따로 있었겠지만, 어린 우리들 눈에 그 자동차는 분명 그분의 손길과 체온이 담긴 경이로운 존재였을 뿐이다. 아저씨는 아침이면 언제나 그 차를 정성스럽게 닦고 또 닦았다. 나는 그때 저렇게 차를 잘 닦아야 차가 정말 스스로 움직이나보다고 생각했다. 그러면 정말 거짓말처럼 그 커다랗고 새까만 차는 스스로[自] 움직여[動] 골목을 빠져나가곤 했다.

그 귀하던 자동차가 이제는 흔하디흔한 시대가 되었다. 대학강사 시절인 1994년 가을, 나 같은 서생도 차를 가지게 되었으니 말이다. 4년여 동안 지갑에 꽂힌 채 아무런 기능도 못하던 '운전면허증'이 아마도 나보다 더 기뻐했을 것이다. 지금 주행 거리 20만km를 코앞에 두고 있는 내 차가 없었다면, 분명 나는 대한민국 구석구석을 돌아다니는 경험과 행복을 누리지 못했을 것이다. 그만큼 내 엘란트라 94년형은 나의 '발'이요 '동반자'다. 그래서 이제는 핸들을 잡고 있을 때의 촉감조차 여느 차와는 전혀 다른 우리만의 깊은 교감이 형성되어 있다고 나는 믿는다. 남들은 폐차하라고 농담반 진담반으로 말을 건네지만, 천만에, 나는 아무리 차가 흔해도 내 차가 숨을 멈출 때까지 다른 차를 기웃거리지 않을 것이다. 흔들리지 않는 짝사랑처럼!

내 차가 나를 실어다준 가장 인상 깊은 곳을 들라 하면, 미시령이나 해남 땅끝 혹은 정동진 같은 이미 잘 알려진 곳을 들 수도 있겠지만, 그보다는 내가 자동차를 구입하던 그해 가을, 초보운전의 몸으로 마음놓고 질주하던 남한강변을 잊을 수 없다. 그때 나는 양평에 있는 한 대학에 출강하고 있었다. 강의 시작 시각은 월요일 아침 8시 반이었다. 걱정하는 아내에게 딴청 피우면서, 나는 워커힐을 돌아 덕소를 지나 양평으로 향하는 코스로 차를 겁도 없이 몰았다. 아마 새벽 6시 반쯤에나 집을 나섰을 것이다. 그런데 워커힐을 돌아 덕소로 가던 그 코스는 그야말로 일망무제, 엄청난 속도로 차들이 달리는 도로였다. 비유컨대 우리나라의 '아우토반'이었다. 나는 거기서 처음으로 과

속 운전의 묘미와 위험을 온몸으로 익힌 셈이다.

그런데 정작 나의 기억을 사로잡고 있는 것은, 그 아우토반의 속도감이 아니라, 그다음에 펼쳐지는 아름다운 남한강변의 새벽 물안개이다. 아침이 다 밝아 사방은 눈이 부시고, 그 햇살 사이로 무궁무진 피어오르는 막무가내의 물안개들……. 운전을 하면서 한눈팔면 위험하다는 상식쯤은 그 황홀한 풍경 앞에서 번번이 무시되고 나의 눈은 글썽거렸다. 그렇게 매주 월요일, 나는 눈부시고도 위태로운 주행을 계속하였다. 그때 나는 이미 '음주운전'보다도, '졸음운전'보다도, '무면허운전'보다도, '과속운전'보다도, '황홀운전'이 훨씬 더 위험하다는 것을 깨닫고 있었다.

그래도 나는 내 차를 믿었다. 당시 TV에서 하던 외국 영화에서, 주인을 그냥 목적지까지 데려다주는 건 물론이고 총도 쏘고, 말도 나누고, 걱정까지 해주는 자동차가 있었다. 아마 이름이 '키트'였을 것이다. 그 황홀한 남한강변을 나의 차는 '스스로 움직이는' '키트'가 되어 나를 안개에 젖게 하였다. 그 순간만은 내가 운전을 한 게 아니라, 차가 '스스로 움직인' 것이었다. 정말 자동차自動車였다.

한 시절을 함께 견딘 사람,
스승

지금도 스승의 날만 되면 학교 현장에서 불리곤 하는 강소천 작시의 〈스승의 노래〉는, 듣는 스승들의 입장을 난처하게 하고 급기야는 모골을 송연하게 한다. "스승의 은혜는 하늘 같아서"라는 최고 예우의 비유로 시작하는 이 노래 1절은 "참되거라 바르거라 가르쳐주신" 스승을 "마음의 어버이"로 칭송함으로써 마무리된다. 전인격적 스승의 역할을 양도한 채 얼마간 기능적 전문직에 기울어진 길을 걷고 있는 대학교수들에게, 이 노랫말은 적지 않은 자괴감과 민망함과 당혹감을 던져준다. 물론 어떤 날을 기념하는 노래들이 나름대로 대상에 대한 송가頌歌의 속성을 띤다는 걸 모르지는 않지만, 그럼에도 〈스승의 노래〉는 "진자리 마른자리 갈아 뉘시며" 같은 구체성 있는 언어로 우리를 감읍케 했던 양주동 작시의 〈어머니날 노래〉(물론 지금은 '어버이날'이다. 한때 우리는 어머니께만 카네이션을 달아드렸던 '어머니날'을 기념한 바 있다)에 비해서도 훨씬 추상적 과장과 미화가 심하다.

아닌 게 아니라 하늘 같은 은혜는 고사하고, 나는 '참되거라 바르거라' 하고 가르친 적이 도대체 없다. 어떤 인문학자가 그렇게 명료하고도 단선적인 '참됨'과 '바름'을 학생들에게 권면할 수 있겠는가. 나는 오히려 '참됨'과 '바름'의 자명함을 의심하면서 그런 윤리적 가치나 지표들이 구성되는 사회적 합의 방식 혹은 체계들을 비판적으로 읽을 것을 주문해오지 않았던가. 지금도 나는, 스승의 언어는 상류에서 하류로 흘러내려가는 순리의 언어가 아니라, 때로는 솟구치기도 하고 소용돌이도 치는 역리의 언어라고 생각하는 편이다.

서구 계몽주의자 가운데 한 사람은 학교 하나를 지으면 감옥 하나를 부수는 것과 같다고 말한 적이 있다. 한 사회의 야만 상태를 문명 상태로 끌어올리는 학교의 긍정적 기능에 대한 신뢰를 근거로 한 발언일 것이다. 하지만 근대 사회는 학교 하나를 늘리면 고스란히 감옥 하나가 늘어나는 아이러니를 보이는 방향으로 흘렀다. 학교가 곧 창살 없는 감옥이 되어버렸으니 말이다. 우리 기억 속에서 학교는 가고 싶었던 곳이 아니라, 제도적 강제로 주어진 타율적 집합소 같은 곳이었지 않은가. 그래서인지 교육사상가 이반 일리치는 『탈학교화 사회Deschooling

Society』라는 책에서 아예 학교에 대한 급진적 비판에 나서기도 하였다. 이렇듯 학교에 대한 전폭적 신뢰와 급진적 비판이 공존하는 현상은, 학교가 사회 체제에 의해 견고하게 결속된 기구이면서 동시에 그 견고함을 깨뜨릴 수 있는 창조적 균열들이 다양하게 존재하는 장소임을 알려준다. 학교의 구성원인 스승과 제자는 이러한 결속과 균열을 함께 지고 있는 양대 축인데, 영화 〈죽은 시인의 사회〉는 그야말로 좋은 스승과 제자에 대해 생각하게끔 하는 힘을 지금도 가지고 있는 드문 사례일 것이다.

모교에 새로 부임한 키팅 선생은 자신을 '선장captain'이라고 부르라면서 첫 시간부터 파격적 방식으로 제자들을 대한다. 그의 교육 방법은, 죽어 있는 지식을 전수하기보다는 살아 있는 경험을 제자들과 공유하는 데 집중된다. 어느 날 그가 '죽은 시인의 사회'라는 모임 이야기를 전해주었을 때, 제자들 몇몇이 그 모임을 이어가기로 작정하면서 영화는 진경으로 나아간다. 이들은 학교 뒷산에 있는 동굴에서 시를 낭송한다든가 연극을 준비하면서 자신들이 그동안 발견하지 못했던 매혹적 자아상을 구축해간다. 하지만 연극에 대한 열정을 불태우던 학생 하나가 아버지의 반대에 부딪혀 끝내 권총으로 자살하게 되면서, 학교측에서는 이런 불온사상을 유포한 당사자로 키팅을 지목하고 그를 파면하려 한다. 학교를 떠나는 스승 앞에서 몇몇 제자들이 책상 위로 올라가 "Captain, my captain!"을 외치는 마지막 장면은 이 영화의 압권이다. 자신들의 삶에 새로운 결속과 창조적 균열을 선사해주었던 스승께 파격적이고 전폭적인 헌사를 보내는 이 장면은, 키팅의 교육적 퍼포먼스가 감동적 동의agreement를 이끌어내는 풍경을 담고 있다. 진정성 있는 스승의 가르침이 수용자들의 폭넓은 동의를 얻어내는 과정을 이 영화는 감동 깊게 보여준다.

그렇다면 왜 이 영화는 우리의 기억 속에 마치 '대안 교육'의 전범 같은 잔상을 남기고 있는 것일까. 키팅의 교육이 여타의 것들을 압도하는 최량의 것이었기 때문일까. 아닐 것이다. 우스갯소리로, 키팅이 우리나라에서 그리했다면 벌써 인터넷 게시판에 난리가 나고 퇴출되었을지도 모를 일이다. 오히려 몇몇 제자들이 보여준 마지막 동의의 결단은, 키팅에 의해 전달된 그 무엇 때문이 아니라, 제자들에게 삶과 언어의 매혹을 경험하게 하려 했던 키팅의 의도가 발견된 순간에 이루어졌다고 보아야 옳을 것이다. 일방적으로 전달되지 않고 매혹적으로 발견되는 것이 가장 멋진 스승임을, 그리고 좋은 스승good leader만큼 좋은 수용자good follower가 중요함을 이 영화는 새삼 깨우쳐준다.

옛말에 '스승의 그림자도 밟지 아니한다'고 했던가. 스승에 대한 배타적 외경을 담은 표현일 것이다. 그런가 하면 공자는 "三人行, 必有我師"라고 함으로써, 어디든 있는 잠재적 스승들에게 마음을 열라고 주문하였다. 스승이란 성역에 있는 존재가 아니라 새롭게 구성되어가는 존재임을 말한 것일 터이다. 나는 대학에서의 진정한 스승이란, 자신의 그림자도 나누어 가지면서 제자들에게 자신의 생각과 언어에 대한 동의를 얻어가는 사람이라고 생각한다. 그는 자신의 열정과 능력이, 좋은 수용자들에게 발견되기를 희구하는 사람일 것이다. 그래서 궁극적으로 고단한 대학 구성원으로서의 공동 운명을 나누면서 한 시절을 제자들과 함께 견딘 사람일 것이다.

도종환 시인은 "저희가 더더욱 아이들을 사랑할 수 있게 해주십시오"라고 썼지만, 제자들을 사랑하기에는 너무도 분주하고 무력하기만 한 지식인으로서의 교수는, 함께 견딤의 윤리와 열정을 통해 새로운 결속과 균열의 힘으로 '스승' 역할을 힘겹게 해나갈 뿐이다. 그때 비로소 하늘 같은 은혜는 아닐지라도 마음의 어버이 같은 스승의 쓸쓸한 그림자가 비치지 않겠는가. 그리고 제자들은 그 '그림자'를 같이 밟으면서, 스승의 뒷모습을 발견해주지 않겠는가.

뜨겁고도 쓸쓸했던, 하지만 그리운 시절

우리 국문과 입학 동기는 모두 78명, 남학생 33명, 여학생 45명이었다. 졸업정원제 130퍼센트 적용이었던 터라 국문과 사상 최대 인원이었을 거다. 가장 먼저 기억나는 것은, 전해까지만 해도 교내에 상주하던 사복경찰이 철수하고 '대학 자율화'라는 구호가 캠퍼스에 넘실대던 것이다. 하지만 '자율화'라는 말이 무색하게 우리 학교는 대학가 시위의 중심지였고, 알게 모르게 우리는 '시대'니 '정의'니 하는, 지금 생각하면 몸에 좀 컸던 옷들을 걸치고 대학을 다녔던 것 같다. 하지만 송창식의 〈내 나라 내 겨레〉나 김민기 노래들을 그때만큼 절절하게 부를 수 있었던 시절도 없지 않았을까 싶다.

내 기억이 옹색한 탓인지, 80년대 중후반 기억은 백양로와 중도와 인문관, 연세찬가와 최루탄과 이한열, 독다방과 티롱과

캠퍼스, 오늘의 책과 올서림, 2호선과 신촌역, 〈연세춘추〉와 윤동주 시비, 청경관과 평화의 집, 뭐 이런 풍경들의 흔적으로 먼저 채워져 있다. 1학년 때는 한 해 내내 이선희 노래 〈J에게〉가 울려퍼졌었다. 모두가 'J'에다 상상 속의 그(그녀)를 대입해서 불렀다. 대중문화라고 해봐야 조용필 노래나 안성기 영화가 주를 이루었지만, 그래도 80년대 캠퍼스에는 70년대와는 확연히 다른 다양한 활력과 억압이 있었다. 모두 저마다의 기억 속에 그 무늬를 아로새기고 있을 것이다. 2학년 때 김은정과 함께 과대표를 맡아 작약도로 엠티 갔던 기억도 선연하고, 황휘가 서둘러 주선해서 서울대 국문과 친구들과 야구 경기를 한 것도 생각난다. 1, 2학년 때 남학생들이 다녀왔던 문무대와 전방의 기억도 소소하게나마 머물고 있으니, 시간은 그렇게 흘러가면서도 희미한 흔적이나마 남기나보다.

첫 학기 과대표는 고석주와 조명주가 맡았다. 그들 주도로 이러저러한 모임도 많았고, 전국에서 모인(그야말로 팔도에서 다 모였다) 선남선녀들로 국문과는 풍요로웠다. 내 기억에 우리 84들 중에는 나대거나 카리스마를 가진 이른바 빅브라더가 없었다. 지금 생각하면 촌스러웠을 커다란 안경과 파마머리의 아이들은, 서로서로 엇비슷한 키와 생각을 나누어 가졌던 것 같다. 그리고 우리 84들은 인원이 많은 탓도 있었지만, 제때 모두 한자리에 모이는 열성파들은 아니었다. 다만 둘씩 셋씩 밀도 높게 몰려다니며 우정을 과시했고(변정수, 황휘, 오문석, 정해왕과는 느슨하기만 했던 안빈당 공동체였다), 지금도 그렇게 모임이 여럿 있는 걸로 알고 있다. 그런가 하면 학과보다는 동아리에서 활동을 열심히 하는 친구들도 많았다. 국운회, 쿠사, 연세문학회, 서우회, 글리, 스카, 또 뭐더라? 아무튼 등등. 그렇게 84학번들의 한 해 한 해는 우리 영어책 첫 단원처럼 "The show must go on."의 연속이었다.

내 기억에 〈백양로의 노래〉는 이렇다. "울창한 숲 사이 곧게 뻗은 이 길은 진리를 배우는 자유의 샘터. 나 아닌 또하나의 나와 함께 걷는 길. 이 길은 연세인의 알뜰한 길이어라 길이길이 연세인의 알뜰한 길이어라." 1교시 수업에 늦어 백양로를 달릴라치면 백양로 스피커에서 발걸음을 재촉해주던 노래였다. 우리가 그 백양로를 행복하고도 불안스러이 걸었던 그 시절은 장르로 비유하자면 '흑백사진'이 틀림없을 것이다. 만약 누군가 그 시절로 돌아가겠냐고 물으면 '절대 노'겠지만, 그래도 다시 물음을 고쳐 대학 시절로 혹시 돌아가보겠냐고 하면 '글쎄 한번 생각해보고', 하면서 머뭇거리게 되는 것도 모두 우리가 누렸던 대학 시절의 저 순연하고도 대책 없던 젊음과 행복과 불안 때문일 게다. 뜨겁고도 쓸쓸했던, 이제는 그리운(해묵은 표현이지만, 달리 대안도 없다) 시절이다.

언젠가 재상봉 행사 대표를 맡으면서(순전히 박애경이 떠맡긴

거지만), 그래도 잘났건 못났건 우리 동기들이라는 생각이 절절해졌다. 자주 만난 이들도 있고 그러지 못한 친구들도 있지만, 우리 84들 명단을 하나하나 넘겨보면서, 고인이 된 배은희와 나인영도 기억하면서, 84들의 반백半百 삶을 추억해본다. 아, 스마트폰은커녕 삐삐도 없던 그 시절, 메모와 편지와 공중전화와 통일호의 느릿한 기억들이 더없이 빠르게 흘러간다. 동기들아, 이제 남은 반백 생을 그 기억의 힘으로 함께 하자꾸나.

추모의 민망한 나르시시즘

고인을 추모하는 조사를 하거나 들을 기회가 많아졌다. 이제 우리 세대도 앞 세대 분들을 떠나보내며, 고인이 남긴 고유한 흔적들을 기억하고 짊어져야 하는 나이에 온 것 같다. 그런데 조사를 맡은 사람의 입장에서는 부담이 없지 않을 것이다. 먼저 조사는, 이미 언어를 잃어버린 고인을 대신하여 고인이 남긴 가장 중요한 유산을 대변하는 행위이다. 물론 고인과 시간을 함께했던 조객들이 그 자리에 있으니, 사실의 왜곡이나 생략이나 과장은 듣는 이들의 눈살을 찌푸리게 할 것이 자명하다. 하지만 조사에는 어느 정도의 과장이나 미화가 용납되는 법이다. 어쩌면 그 자리에 참석한 이들 모두가 그러한 과장과 미화를 자임하고 있는 이들일지도 모르기 때문이다. 그만큼 영결식이나 추모식은, 떠나간 한 사람에 대한 순연하고도 아름다웠던 기억에 대한 일방적 승인의 자리이지, 고인의 잘잘못을 따지는 논쟁의 자리는 아닐 것이다. 그러니 훌륭한 조사를 하는 것이 쉬운 일은 아니다.

그런데 정말 듣기 민망한 추모사는 이처럼 고인에 대한 애정 어린 기억의 과장 때문에 빚어지는 것이 아니다. 그것은 고인과의 인연을 강조하는 대목에서 고인보다는 정작 조사를 하고 있는 자신을 드러내는 유치한 자기 노출 때문에 주로 발생하곤 한다. 물론 고인에 대한 고유한 경험과 기억을 술회하는 데 일인칭의 관점과 어법은 불가피할 것이다. 고인이 자신에게 얼마나 중요한 분이었는지, 그리고 그분과 얼마나 시간과 열정을 공유했는지, 또 자신은 그분에게 무엇을 드렸는지를 때로는 진솔하게 때로는 유머러스하게 들려준다면, 추모의 자리는 정말 훈훈한 기억으로 충일할 것이다.

하지만 다음 경우는 조사를 하는 분의 인격에 의구심을 가지게 하는 사례들이다. 그 하나는 고인이 살아계실 때 그다지 가깝지 않았고 심정적 연대가 없었음에도 불구하고, 가장 가까운 경험자이자 목격자인 양 증언을 하는 경우이다. 살아계실 때 그분께 어떠한 정성도 살가움도 보이지 않았던 사람이, 가장 가까이서 그분의 고독과 함께했던 사람처럼 말하는 경우도 더러 있다. 어투만 겸손함과 애통함을 띠고 있을 뿐, 그 중심에는 언제나 자기가 있는 셈이다. 그분을 증언하고 드러내는 것이 아니라, 그분과 살아온 자신을 더욱 강조하려는 조사를 들을 때마다, 비록 그것이 선의에서 나온 것이라 하더라도 우리는 그 민망한 나르시시즘에 불편해질 수밖에 없게 된다.

또 이런 경우도 있다. 고인이 반박하거나 교정할 수 없기 때문에, 확인되지 않은 두 사람만의 개인사를 이야기할 때이다. 물론 우리는 훌륭한 조사를 통해 두 사람 사이의 비밀을 알게 되고 다시 한번 고인을 추억하게 된다. 그런데 고인의 성취를 칭송하는 과정에서, 조사를 하는 사람 자신이 직접 고인의 삶을 디자인하였고 심지어는 고인을 설득하여 그 성취를 이루게 했다는 증언을 하는 경우도 우리는 심심치 않게 보게 된다. 이런 경우는 사실 여부를 확인할 수가 없는데, 다만 그것이 사실일지라도 고인의 오롯한 성취가 자신의 도움이 없었으면 불가능했을 거라고 말하는 것은, 그야말로 조사의 형식을 빌린 자화자찬일 뿐이다. 또한 고인이 TV에 나가게 된 것도 자신이 피디에게 귀띔했기 때문이라고 증언한다면, 자신이 천거하지 않았다면 불가능했을 텐데 자신 덕에 그런 기회가 고인에게 주어진 것이라고 말하는 것과 무엇이 다르겠는가. 추모의 본뜻을 모르거나 아니면 언제나 자신을 행위 주체로 내세워 버릇한 지독한 나르시시즘이 아닐 수 없을 것이다.

우리는 부재하는 한 사람에 대한 추모를 위해, 정작 증언하는 자신은 흐릿한 후경으로 물릴 줄 아는 지혜와 겸손을 가져야 한다. 자신만의 뚜렷하고도 우호적인 기억을 들려주면서도, 자신은 음각으로 처리하고 고인을 앞세워드리는 추모의 진정성이 그분의 부재를 슬픔 가득한 추억의 자리로 만들어줄 것이기 때문이다.

2부

기억의 계보학

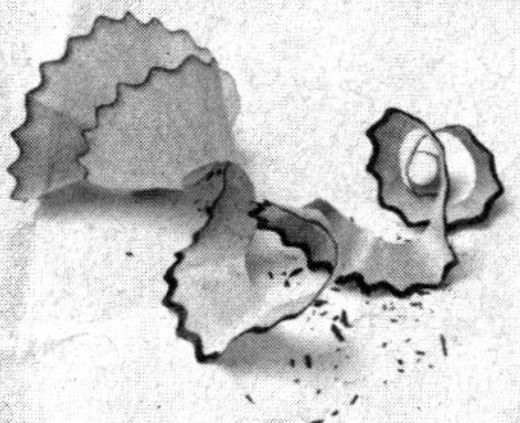

'여생'인가, '후반 인생'인가

혼자 고기를 잡으며 사는 한 노인이 있다. 이 늙은 어부의 이름은 산티아고다. 그는 80여 일 동안 고기 한 마리 잡지 못해 다른 어부들의 놀림만 받는다. 하지만 그는 아무런 내색도 안 하고 어느 날 쿠바 근해로 배를 끌고 나가 큰 물고기를 잡게 된다. 그런데 이 엄청나게 큰 물고기는 미끼를 물고 밤새도록 바닷속을 헤엄쳐 달려가는 게 아닌가. 물고기는 그 큰 덩치와 힘으로 노인과 배를 날이 밝도록 끌고 다녔다. 하지만 노인은 쉽게 포기하지 않고, 죽을힘을 다해 물고기를 배에 붙들어 맨 채 항구로 뱃머리를 돌린다. 그 과정에서 상어의 습격을 받지만, 노인은 노 끝에 칼을 맨 채 상어와 힘겹게 싸운다. 항구로 돌아왔을 때, 물고기는 뼈만 남은 상태였다. 그럼에도 노인은 그 참담한 결과와 자신의 패배에 절망하지 않는다. 이러한 줄거리를 가진 「노인과 바다」는, 우리가 한창 전쟁을 치를 무렵인 1952년에 발표되었고, 작가 헤밍웨이는 이 작품으로 1954년 노벨문학상을 받았다.

이 소설의 핵심은 불굴의 의지로 대상과 맞서 싸우는 노인의 행동과 심리에 잘 나타난다. 소설이 인생에 대한 작가의 해석을 담는다고 할 때, 이 작품에서 '노인'은 강렬한 의지를 가진 인간을, '바다'는 거칠고 고된 현실을, '거대한 물고기'는 인생의 거창한 목표를, '상어'는 삶에서 마주치는 가파른 난경難境을 각각 상징한다. 작가는 이 일련의 상징들을 통해, 비록 인간이 패배할지라도 오히려 그 속에서 인간의 존엄성과 가치를 발견해 가는 과정을 웅장한 스케일로 보여준다. 우리는 이 작품을 통해, 불모지 같은 현실에서 어떻게 가치 있는 삶을 추구하며 자신의 말년을 맞이할지 생각해보게 되고, 나아가 산티아고에게서 험난한 조건과 맞서 싸우는 의지를 배울 수 있을 것이다. 그래서 우리는 이 작품의 제목에서 고독하게 빛나는 '노인老人'이라는 단어에 경의를 표하게 된다.

그런데 우리가 경험적으로 잘 알듯이, 우리 사회에서 노인이 존경을 받기란 참으로 어려운 일이다. 더구나 초고령사회로 진입하면서부터 우리는 노인들이 가치 있는 인생을 완성하기 위해 자신의 말년을 어떻게 보내야 할지가 커다란 과제로 떠오른 시대를 살게 되었다. 초고령사회는 그 자체로 인생이 길어진 것이 아니라 여생만 길어져버린 재앙의 사회일 수도 있기 때문이다. 대체로 고령화 현상이란 전체 인구 가운데 65세 이상의 노년 인구 비율이 높아지는 현상을 말하며, 노년 인구가 7% 이상이면 고령화사회, 14% 이상이면 고령사회, 20% 이상이면 초고령사회로 분류한다. 우리나라는 2000년에 이미 노년 인구 비율이 7%를 넘어 고령화사회에 진입하였고 오는 2026년에는 20%를 넘는 초고령사회에 진입할 것으로 예상된다. 일찍이 〈노인을 위한 나라는 없다〉라는 영화도 있었지만, 노인이 다수를 이룬 시대를 단 한 번도 경험해보지 못한 우리는 이 시점에서 많은 생각을 하게 된다.

나이들어 지극한 관용과 지혜와 헌신의 삶을 사는 분들도 많지만, 또다른 경우 자기중심적이 되고, 새로운 세대에게 이질감을 느끼며 울분이 많아지는 노인들을 우리는 드물지 않게 만난다. 장년까지 참으로 멋지게 살아온 분들도 노년이 되면 건강, 경제력, 가족관계, 언행 등에서 치명적 결함을 노출하기 쉽다. 그래서 우리는 자신의 말년을 가장 위엄 있게 지키는 노인들을 가지는 나라로 가야 한다는 과제와 결별하기 어렵다. 이때 우리는 말로 표현할 수 없는 감동을 받은 헤밍웨이의 작품을 다시 떠올려본다. 우리도 언젠가 광활하게 펼쳐진 거친 '바다'로 나가지 않겠는가. 패배 속에서도 위엄을 잃지 않는 노인의 모습을 거기서 흐릿하게 발견할지도 모르지 않겠는가. 옛사람들이 '향원익청香遠益清'이라 했거니와, 오랜 경험과 지혜를 통해 새로운 세대에게 흔연히 길을 비켜주면서, 자기의 경험 안에 갇혀 있는 것이 아니라 모두에게 열린 향기를 전하는 노경老境의 모습이 간절한 때다. 그때 비로소 우리는 '여생'이 아니라, 소통과 공감의 능력으로 새롭게 태어난 '후반 인생'을 살게 되지 않겠는가.

광복절에 생각하는 저항의 의미

일흔두번째 맞는 광복절이다. 오늘 우리는 오랜 식민지 시대의 고통에도 불구하고 '빛[光]의 회복[復]'을 희구하며 당대를 견뎌 왔던 수많은 이들의 각오와 헌신과 희생을 기억한다. 그 시절 친일 안 한 사람이 어디 있겠느냐는 무분별한 관용과 망각의 어법은, 당대의 정치권력과 날카롭게 대립했던 저항의 실제 목록들 앞에서 속절없이 무색해진다. 이때 저항이란, 자신의 정체성이나 가치를 침탈하려는 외부의 억압에 맞서 자신을 지키려는 태도 및 행위를 총칭하는 말이다. 자신이 지키고자 하는 태도나 가치가 분명한 이들일수록 그릇된 폭력에 대한 저항은 불가피하고 또 지속적이었을 것이다. 말하자면 '저항'이란, 인간으로서의 존엄성을 훼손하는 유형무형의 폭력에 대항하여 자신의 존잿값을 입증하려는 일련의 태도와 행동을 포괄하는 개념이다. 따라서 그것은 이미 형성된 권력에 대한 일종의 정당방위적 면모를 띠게 된다.

올해로 탄생 100주년을 맞은 시인 윤동주는 일제의 엄혹한 신질서 상황에서 비판적 사유의 대상인 타자를 자기 자신으로 선택한 보기 드문 저항적 실례에 속한다. 그의 시 속에 숨쉬고 있는 성정은 자신의 실존적·역사적 존엄을 해치는 부당한 힘에 대한 저항과 그 곤혹스러운 시대와 맞서 있는 무기력한 자신에 대한 성찰로 빛을 발한다. 우리는 윤동주를 통해, 소리 높은 외적 비판보다 자신을 응시할 줄 아는 타자성의 실천이 얼마나 가치 있는 저항인가를 지금 경험하고 있다. 그러한 속성이 모두 그를 불멸의 저항으로 기억하게끔 하고 있는 것이다. 지식인들에게 후회는 있지만 반성은 없고, 비판은 잦지만 정작 반성의 대상에 자신을 포함시키는 태도가 부족하다고 할 때, 우리는 저항의 속성 가운데 자기를 반성적으로 되돌아보는 성찰의 몫이 얼마나 중요한지를 거듭 절감하게 된다. 이때 비로소 세계를 변화시키는 인간 이성의 극점으로서의 저항에 대한 신뢰와 경의가 가능해질 것이기 때문이다. 윤동주의 이러한 속성은 외부적 저항의 강렬함과는 대비되는 성찰적 저항의 표지標識로 오랫동안 우리 기억 속에 굳건히 자리를 지켜갈 것이다.

그런가 하면 당대의 혁명가였던 이육사의 저항은 윤동주와 달리 외부적인 것을 직접 향하기도 했다. 이육사의 저항성을 키운 건 일제의 폭력성이었고, 또 그러한 간난신고의 삶의 현장이 오히려 혼을 울리는 명편을 길어올리는 토양이 되었다. 그가 체포되어 압송되었다가 순국한 북경시 내일구 동창호동東昌胡同 1호 건물은 일본군 헌병대 북경본부 부속 형무소가 있던 곳이다. 한국인 관광객도 많이 찾는 북경의 명소 왕부정王府井 근처에 자리잡고 있다. 그런데 얼마 전 내가 찾은 이곳은 오랫동안 방치되어 그야말로 흉가처럼 보였다. 소소한 안내판 하나 없어 건물의 의미를 전혀 알 길이 없다. 1925년 의열단에 가입하여 일생을 독립운동을 하며 살았던 이육사는 광복을 앞둔 1944년 마흔하나의 나이로 이곳에서 옥사했다. 이 건물에는 사람들이 몇몇 살고 있었는데, 일정한 보존 조치가 수반되지 않으면 무너질지도 모른다는 생각을 가지게 할 정도로 낙후된 상태였다. 이육사 저항의 최후 거처였던 이곳이 외교부나 문체부의 노력으로 보존되기를 바란다.

물론 서정시에서 저항은 복고적 회귀를 열망하는 것으로는 성취되기 어렵다. 자기 성찰을 동반한 대안적 사유를 기반으로 할 때, 그것은 소망 충족의 기능을 수행한다고 말할 수 있을 것이다. 엄밀한 의미에서 저항의 형상은 비극성을 본질로 하는 비가悲歌로 나타날 수밖에 없는 것이기 때문이다. 이러한 흐름을 이어가기 위해서라도, 우리는 최근 시에 집중적으로 나타나는 개인주의적 어법이라든지 사적私的 감성으로의 편향을 미학적으로 반성하면서, 공공적 기억으로서의 저항의 전통을 새겨가야 한다. 그동안 어렵게 쌓아올린 보편적 가치들이 이완되어가고, 또 중국이나 일본 등 이웃나라들의 역사 왜곡에 의해 그것들이 근본에서부터 위협받는 상황에서, 우리는 이러한 저항성의 흐름을 기억함으로써 스스로의 존잿값을 입증할 수 있을 것이다. 한편으로 어둑하고 한편으로 쉼없이 빛을 되쏘는 광복절이 아닌가.

시간이라는
절대권력

공자는 유유히 흘러가는 강물을 바라보면서 "흘러감이란 과연 이와 같구나. 밤낮으로 쉬지 않는구나[逝者如斯夫, 不舍晝夜]"라고 말했다. 그는 한순간도 멈추지 않고 흘러가는 시간의 속도감을 강물의 비유를 들어 강조한 것인데, 아마도 공자는 인생에서 시간의 의미를 깊이 생각한 이로서 첫손에 꼽히고도 남을 것이다. 그런가 하면 노벨문학상 수상자인 콜롬비아 소설가 마르케스는 "흐르는 시간은 모든 것을 황폐화한다"라고 말했다. 빠른 속도로 흘러간 시간 뒤에 남는 것은 절대적 무상無常이요 폐허일 것이기 때문이다. 그렇게 시간은 누구도 범접할 수 없는 속도의 양감量感을 통해 차가운 잔해를 남기면서 흘러갈 뿐이다. 영화로 만들어져 설경구의 빛나는 연기를 기억하게 해주었던 김영하의 장편 『살인자의 기억법』에서 주인공은 "무서운 건 악

惡이 아니오. 시간이지. 아무도 그것을 이길 수 없거든" 하고 말하는데, 이 역시 시간만이 가진 절대권력을 고백하는 순간인 셈이다.

한 해가 가고 오는 것은 매번 맞는 평범한 이치이겠지만, 새로운 세기가 왔다고 흥분했던 시간도 벌써 20년째를 맞으니 감회가 없을 수 없겠다. 새로운 밀레니엄이 가져다줄 것으로 기대했던 자유와 평화의 이미지로부터 인류는 여전히 역주행을 하고 있지만, 지금도 사람들은 한 해의 소망을 마음에 품고 저 냉혹한 시간이 베풀 자비를 염원하고 있다. 생각해보면 우리는 이른바 '파시스트적 속도'를 동반한 숨가쁜 성장 리듬을 통해 비약적으로 전진해왔다. 뒤돌아볼 겨를 없이 질주해온 이러한 아폴론적 활력은, 문명과 테크놀로지의 획기적 발전과 함께 인류의 장밋빛 미래에 대한 과학적 예견까지 가져다주었다. 하지만 그것이 남긴 어두운 그늘도 만만치 않아, 우리는 깊은 존재론적 소외와 상실을 목도하는 경우가 많아졌다. 이런 상황에서, 우리는 디오니소스적 이면을 꿰뚫는 혜안을 통해 새로운 차원의 사유를 생성해온 역사를 가지기도 했다. 프랑스 철학자 베르그송은 공간이 동질적이고 정적이고 단일한 데 비해 시간은 그 움직임으로 인해 다양한 이질성을 간직하고 있다는 것을 강조한 바 있는데, 우리는 그러한 복합적이고 역동적인 시간을 앞으로도 숱하게 경험해갈 것이고, 그 점에서 자신이 주인이 되는 시간관을 첨예하게 가져야 할 것이다. 그리고 속도감을 거스를 줄 아는 성찰의 시간을 스스로에게 부여해가야 할 것이다.

얼마 전 나는 옛 학교의 한 제자로부터 새해 인사를 담은 문자 메시지를 받았다. 반가운 마음에 바로 답신을 했더니 이런 문자가 다시 왔다. "새해 첫날 문자가 오늘 도착했나봐요. 그날 문자가 잘 안 가서 여러 번 전송했거든요. 달팽이처럼 느릿느릿, 신기하네요." 요즘 같은 광속의 시대에 새해 첫날 보낸 문자가 일주일 만에 도착하다니! 그의 밝고 따뜻한 메시지는 그렇게 오래도록 시간의 궤도를 그리다가 더디게 도착하여, 조금은 느리게 주위를 돌아보며 사는 것의 신비로움을 말해주는 듯했다. 어쩌면 시간의 핵심은 빠르기가 아니라 깊이에 있지 않을까 잠깐 생각하면서, 나는 뜻하지 않은 '달팽이'의 형식을 실감 있게 받아들였다. 그 메시지의 형식은, 느리면서도 선명하게 각인되는 마음 씀을 올 한 해 간직하라는 부드러운 권면을 담고 있었다.

『시간』이라는 명저를 쓴 카를하인츠 가이슬러는 "빠름만이 가치 있는 것으로 간주되는 곳에서 느림은 경시된다. 속도는 창조력이 되기도 하지만 동시에 사회를 파괴하는 폭력이 되기도 한다. 우리 사회에 점점 가속이 붙으면서 세심함, 부드러움, 사려 깊음 그리고 다른 많은 것들이 사라지고 있다"라고 말했다. 그 안에는 우리가 빠른 기차를 타고 가면 주위의 풍경을 놓치는 이치 같은 것이 담겨 있다. 결국 속도의 효율성을 버리지 않으면서 속도가 가져다주는 맹목의 성취 제일주의를 비켜서려는 이러한 태도만이, 시간이라는 절대권력에 저자세로 투항하지 않고 그것에 무모하게 저항하지도 않으면서, 예정된 소멸의 덧없음을 향해 친화해가는 마음 자세일 것이다. 한 해 내내, 한정된 시간 속에서 누릴 세심함, 부드러움, 사려 깊음을 빌어본다.

말의 인저리 타임을 위하여

우리가 쓰는 말은 어느 누군가에 의해 시작되었다가 그 타당성과 적실성이 언중言衆에 의해 인준을 받으면 정착되고 그러지 못하면 드물게 사용되거나 사라져가게 마련이다. 가령 사계절을 뜻하는 봄, 여름, 가을, 겨울은 당연히 평등한 위상을 갖추고 있지만, 합성어나 파생어를 만들면 어울리는 것이 있고 그렇지 않은 것이 있다. 보통 봄이 오면 '새봄'이라고 하지만 우리말에 '새여름', '새가을', '새겨울'은 없거나 거의 쓰지 않는다. 아마도 봄만 '새로움'에 어울린다는 언중의 공통감각이 그러한 선택적 불균형을 낳았을 것이다. 반면에 일부 명사 앞에 붙어 '한창인'의 뜻을 더하는 접두사 '한'을 붙여 파생어를 만들면 '한여름'이나 '한겨울'은 자주 쓰는 데 비해 '한봄', '한가을'은 잘 쓰지 않는다는 것을 알 수 있다. 아마도 여름과 겨울은 심리적으로 길고 또

더위와 추위의 정점을 표현하는 말이 필요했을지 모르지만, 봄과 가을은 비교적 짧게 지나가는 과정적 느낌을 주기 때문에 '한'을 붙일 정도의 정점은 발견되지 않았을 것이다.

자연현상이나 사물에 계절을 붙여보아도 비슷한 현상이 일어난다. 계절을 뜻하는 '철'을 붙여보면 봄철, 여름철, 가을철, 겨울철 모두 평등하게 많이 쓴다. 이르거나 늦은 느낌을 주려는 초봄, 초여름, 초가을, 초겨울도, 늦봄, 늦여름, 늦가을, 늦겨울도 그렇다. 그런데 비나 눈, 바람 같은 것을 붙이면 다른 현상이 나타난다. 자연 현상이나 사물은 대체로 봄에 기지개를 켜고 여름에 절정을 보이다가 가을에 소멸하기 시작하여 겨울에 잠드는 형상을 많이 보이기 때문에, 모든 자연 현상이 활력을 보이는 여름은 그것을 특화하여 지정하는 경우가 드물다. 가령 봄바람, 가을바람, 겨울바람은 많이 쓰지만 굳이 여름바람은 많이 쓰지 않고, 봄비, 가을비, 겨울비도 낭만적으로 다가오지만 여름에 비가 많이 오므로 여름비는 따로 부르지 않는다. 눈의 경우는 거꾸로 겨울눈이라는 말이 없고 대신에 '봄눈'이 있다. 여름에는 아예 눈이 안 오니 여름눈은 없을 테고, 가을눈도 있을 법한데 별로 쓰지 않는다. 봄눈은 한자로 '춘설'이라 하여 한 해를 축복하는 서설로 여긴 적이 많다. 정지용의 명편 「춘설春雪」도 있지 않은가.

"문 열자 선뜻! / 먼 산이 이마에 차라"라고 시작하는 이 작품에 대해 이어령 교수는 "옛시조나 '춘래불사춘春來不似春' 같은 한시의 상투어들은 봄눈이나 꽃샘추위를 한결같이 봄의 방해자로서만 그려낸다. 그러한 외적인 '손발의 추위'를 내면적인 '이마의 추위'로 만들어낸 이가 시인 정지용"이라면서 「춘설」의 첫 구절이 천하의 명구라고 감탄한 바 있다. 만약 이 작품이 겨울에 내린 눈을 대상으로 했다면 그 파생적 감동은 훨씬 덜했거나 아예 불가능했을 것이다. 하지만 이제 춘설이라는 말은 거의 쓰이지 않고 '봄눈'은 아직도 우리 귀를 울리고 있다. 옛적에 봄꽃 피어나는 순서를 뜻하는 '춘서春序'라는 말이 있어 매화에서 시작하여 산수유, 개나리, 진달래, 벚꽃, 철쭉이 피어나는 차례를 가리킨 적이 있지만, 지금은 그러한 순서가 물리적으로 확연하지 않아 이 단어도 점점 기억에서 사라져가고 있다.

말은 마치 화폐와 같아서 이미 언어공동체에서 오랫동안 사용해온 것을 다시 쓰는 것이다. 줄리아 크리스테바는 "모든 텍스트는 다른 텍스트를 흡수하고 변형한 것에 지나지 않는다"라고 말함으로써, 좋은 작가들이야말로 선행 언어들을 흠모하고 훈련하여 거기에 일정한 미학적 변형을 가하여 그것을 예술적 차원에 놓은 이들이라고 갈파하였다. 지금도 어디선가 말은 만들어지고 변형되고 사라져간다. 공통감각에 안 맞는 말은 자취를 감추고, 새로운 공감을 얻은 말들은 지속적으로 퍼져만 간다. 그러니 우리가 쓰는 말도 무한경쟁 속에 살아남은 존재들일지도 모른다. 하지만 훌륭한 작가는 사라져가는 말을 되살려 그네들에게 일종의 '인저리 타임'을 주어 그 시간에 가장 아름다운 결승골을 넣게끔 하는 역할을 한다. 위대한 작가가 언중에게 가장 낡은 말을 새로운 공통감각의 차원으로 건네는 창조적 순간이 아닐 수 없을 것이다.

비표준화의 창조력

최근 뜨거운 반응을 얻었던 영화 〈말모이〉에서는 우리말 사전을 만들면서 각 지역의 방언을 정성껏 모으는 장면이 나온다. 모어母語를 집성하는 데 다양한 구어口語들이 더없이 중요하다고 판단했기 때문일 것이다. 근대 국민국가가 표준어를 만들면서 규율과 소통의 편의를 도모했다고 하더라도, 사람들의 살아 있는 입말은 그 자체로 여전히 우리말의 구체적 육체로 중요성을 더했던 것이다.

프랑스 시인 말라르메는 시인을 일러 '부족방언의 예술사'라고 정의하였다. 시인이란 모어(부족방언)를 최대한 세련화하여 구성원들에게 깊은 인지적·정서적 감염을 선사하는 존재라는 뜻이다. 그만큼 부족방언의 풍요로움은 시인이 발굴하고 성취해야 할 가장 중요한 목표였다. 그런데 근대 국가의 언어 정책은 표준어와 맞춤법 제정을 통한 언어 규범의 확립과 보급에 무게중심을 두었으니, 모어의 아름다움과 질감을 최대화하려는 시의 기능과는 일정하게 역주행을 한 것이다. 그래서 우리는 언어의 표준화가 가지는 효율성과 통합성에 동의하지만, 그에 못지않게 살아 있는 토착어들을 수집하고 보존하는 일이 얼마나 중요한지를 절감하게 된다.

'토착어vernacular'는 중앙집권적인 공식 언어가 아니라 각 지역에서 현재형으로 쓰이고 있는 언어를 의미한다. 유럽에서는 17세기까지 공식적·학술적 저술에는 모두 라틴어를 사용했지만 많은 문학 작품들은 각 민족의 토착어로 쓰였다. 이때 토착어란 지역어라는 의미 외에도 살아 있는 언어의 원형을 뜻하기도 한다. 특별히 성경이 각 민족어로 번역되면서 많은 사람들이 자신들의 언어로 성경을 접하는 길이 열렸다는 점에서, 사람들은 다양한 언어의 수평적 공존이 얼마나 중요한 것인지를 알게 되었다. 우리 근대시의 전통에서도 토박이말에 의한 문학적 정화精華가 여럿 남아서 우리말을 풍요롭게 만들어주었다.

김영랑은 남도 언어의 극치를 시로 노래하였다. "오—매 단풍 들것네"라는 표현에서 영랑은 호남 토박이말의 시적 가능성을 정점에서 보여주었다. 추석 준비를 앞둔 시골에서는 생활 걱정이 앞서지만, 그런 일상적 걱정도 까맣게 잊어버리는 순간의 도취가 토박이말의 살가운 진정성으로 맑은 감성을 끌어오고 있다. 그런 아름다움에 빠진 '누이의 마음'이 그것을 바라보는 '나' 에게로 천천히 전이되어오지 않는가.

백석은 평북 방언을 통해 독자적 로컬리티를 구현하였다. 그것을 토속성에 국한시키려는 해석도 있지만, 우리는 그것을 당대 제국 담론에 대한 항의로 볼 수도 있다. 그렇게 그는 방언을 통해 일본어 중심으로 재편되는 언어 환경에 저항하였고, 그의 이런 전략은 일본어라는 보편 언어에 대한 맞장뜨기라는 속성을 띤다. 이처럼 백석은 토착어의 다양한 가능성을 통해 제국주의 비판의 세계를 보여준 것이다.

윤동주는 함경도 말을 줄곧 활용하였다. 그 백미는 「별 헤는 밤」에서인데, 여기서 '헤다'는 '세다'의 함북 방언이다. 표준어로는 '별 세는 밤'이 된다. 그런데 제목을 '세는'이라고 했으면 어쩔 뻔했는가. 다행히 '헤는'에는 '세는'의 뜻도 있지만 '헤아리는'이라는 뜻도 암암리에 개입하여 윤동주의 깊은 마음을 표현해주고 있지 않은가. 그 밖에도 윤동주는 '문들레(민들레)', '씁은(쓴)', '서분한(서운한)', '요(모이)' 등의 함북 방언을 다양하고도 친근하게 들려주었다.

그 밖에 각 지역 언어를 문학적 극치로 올려놓은 분들로 우리는 김유정(강원), 이육사·박목월(경상), 서정주·김용택(전라), 김동환·이용악(함경), 이문구·김종광(충청) 등을 떠올릴 수 있다. 이들은 표준어로는 불가능한 것을 살아 있는 토착어로 표현하였다. 이러한 토착어의 보존과 활용은 우리 근대시에서 매우 중요한 자산이었으며 지금도 변치 않는 후속 의제이기도 하다. 다양한 언어가 만들어내는 힘이 우리말의 무한한 가능성일 것이기 때문이다. '까마귀도 내 땅 까마귀면 반갑다'는 속담처럼, 자신이 나고 자란 때와 곳의 말은 누구에게나 반갑기 그지없는 것이다. 영화 〈말모이〉에서의 극적인 방언 재현 장면은 언어가 가지는 이러한 비표준화의 창조력을 알려주는 선명한 대목이다.

청춘, 꿈을 꾸는 꿈

우리는 삶의 국면마다 중요한 선택을 해야 하는 순간들을 맞곤 한다. 어디서 생활의 터전을 꾸릴 것인가, 누구와 함께 이 험한 인생의 길을 걸어갈 것인가, 어떤 일을 하면서 '나'라는 존재를 세상에 드러내고 실현할 것인가, 어떠한 가치와 의미를 위해 신명을 다해 젊음과 열정을 바칠 것인가 하는 문제들이 선택의 주요 내용이 아닐까 싶다. 물론 이러한 선택이 전적으로 한 사람의 의지에 의해 이루어지지는 않는다. 더러는 주체적 의지에 의해 선택을 '하는' 것이 아니라, 외적 상황에 의해 선택이 '되는' 경우도 적지 않을 것이기 때문이다. 후자의 경우를 우리는 '운명'이라는 말로 바꿔 부를 수 있을 것이다. 아닌 게 아니라 '운명'의 힘은 구체적 개인의 의지나 주관보다는 외적 상황의 힘이 워낙 강해서 그 논리와 기율에 따라 모든 일이 움직이는 데 개입한다. 하지만 인간은 그토록 가혹해만 보이는 운명에 일방적으로 순응하지 않고 그것을 적극적으로 타개하고 극복해보려는 노력을 줄곧 전개해온 역사를 가지고 있다. 그러한 노력들이 한계에 부딪혀 더 큰 난관에 봉착하는 경우도 없지 않았겠지만, 인간은 자신의 이성과 양심이 지시하는 바에 따라 그러한 한계들을 지속적으로 극복해왔던 것이다. 그렇기 때문에 비록 한계상황에 놓인 경우라 할지라도, 적극적인 자기 계발과 끊임없는 상황 타개 노력은 더없이 값진 것이 아닐 수 없다. 더욱이 우리 청년들에게 그러한 노력이 더욱 요청되는 것은, 그렇게 함으로써 그들의 새로운 선택이 곧 가혹한 삶의 법칙들에 의해 일방적으로 조종당하지 않고 자기만의 고유한 영역을 열어가게 하는 근원적 에너지가 되기 때문이다. 그 에너지를 일러 우리는 '꿈'이라 부를 수 있을 것이다.

'꿈'이라는 말 속에는 두 가지 다른 속성이 숨어 있다. 하나가 어떤 대상이나 상태를 강렬하게 염원하고 지향하는 데서 생겨난다면, 다른 하나는 그러한 열망이 결국 실현 불가능한 것이라는 느낌에서 비롯된다. "젊은이여, 꿈을 가져라"라고 말할 때는 앞의 성격이 두드러지고, "꿈같은 소리 말라"라고 하면 후자가 더 강하게 부각된다. 이처럼 우리가 꾸는 '꿈'은, 실현 가능성이 보장되어 있는 것을 하나하나 달성해가는 것이 아니라, 애초에 불가능해 보였던 것에 대하여 도전하고 성취하는 것에서 그 의미가 완성된다. 그렇다면 지금처럼 신성이 사라져버린 시대, 문명과 자본의 속도가 지성의 자기 독립성을 완강하게 앞질러가는 시대, 모두가 마음 한구석에 허무주의와 실용주의의 그늘을 짙게 드리우고 살아가는 시대, 모든 생각과 표현의 결과가 자본이 지령하는 교환 가치로 호환되는 풍요롭고도 빈곤한 시대에 청년들이 꾸는 '꿈'은 어떤 형식이어야 할까?

과거 고등학교 국어교과서에 실려 있었던 민태원 수필 「청춘예찬」은 '청춘'에 관한 가장 격정적인 찬사를 보여준 실례로 기억된다. "청춘! 이는 듣기만 하여도 가슴이 설레는 말이다. 청춘! 너의 두 손을 가슴에 대고, 물방아 같은 심장의 고동을 들어보라. 청춘의 피는 끓는다. 끓는 피에 뛰노는 심장은 거선의 기관과 같이 힘있다. 이것이다. 인류의 역사를 꾸며 내려온 동력은 바로 이것이다"라는 절규에 가까운 선언은, 청춘이야말로 우리 생에서 가장 아름답고 순수하고 역동적인 실체임을 선명하게 일러준다. 그래서 청춘은 유년이나 중년 혹은 노년과 확연하게 구분되면서, 인생에서 가장 활력 있는 '꿈'의 계절로 우리에게 각인되어 있다. 그런가 하면 김광석 노래 〈서른 즈음에〉는 "점점 더 멀어져간다 머물러 있는 청춘인 줄 알았는데"라는 절구絶句를 우리에게 들려준다. '청춘'이라는 것이 불변하는 생의 조건이었던 한 시절에, 우리는 그 젊음이 우리를 늘 감싸고 있고 우리 곁에 항구적으로 머물러 있을 것이라고 생각하였다. 그런데 어느덧 서른이 지나면서 그 청춘은 한순간 한순간 우리 생에서 멀어져가는 것에 불과했구나 하는 아픈 고백이 그 안에는 담겨 있다. 그만큼 청춘은 짧게 머물다가 순간적으로 사라져버리는 한시적 미학일 뿐이었던 것이다. 오래전 산울림 노래 〈청춘〉에서 김창완은 "언젠간 가겠지 푸르른 이 청춘 지고 또 피는 꽃잎처럼"이라는 센티멘털리즘을 들려준 바도 있지 않은가. 이처럼 '청춘'에는 짧고 덧없고 순간적이라는 속성과, 힘있고 아름답고 이상적이라는 속성이 끝없이 교차한다. 아니 정확하게 말하면, 짧고 순간적이기 때문에 그만큼 아름답고 안타까운 것이다. 그래서 우리 주위에는 젊은 시절에 커다란 '꿈'을 가지고 자기를 계발하며 열정적인 삶을 살라는 권면이 많이 존재한다. 하지만 역설적인 것은, 막상 청춘에 속해 있는 사람들은 자기가 청춘인지를 의식하지 못한다는 사실이다. 오히려 청춘은, 청춘을 지나버린 사람들의 생에서 발견되는 어떤 지나온 흔적과 같은 것이다. 다시 말하면 청춘은, 젊은이들의 의식 속에 존재하는 현재적 생의 조건이 아니라, 청춘을 지난 사람들이 뒤늦게 발견하는 '기억'의 형식이라는 것이다. 이러한 역설적 기억은, 헬스클럽에서 인위적으로 젊음을 붙잡으려는 안타까운 노력이나, 인공 미학으로 피부의 탄성을 유지하려는 자본의 미학과는 근본적으로 다른, 깊은 의미를 가진 것이다. 그렇게 청춘은 짧은 속성으로 인하여 눈부시고 아름답다.

우리는 짧고 아름다운 청춘의 '꿈'이야말로, 패배가 예정되어 있는 운명적 비원悲願이 아니라, 최선을 다할 경우 성취 가능한 희원希願이라고 말할 수 있다. 하지만 '꿈'의 성취는 그만큼 '꿈'을 꾸어온 자에게만 허락된다. 따라서 우리는 자기 스스로 사유와 행위의 주체일 뿐만 아니라 스스로 삶에 대한 판관으로서 '꿈'에 인색하게 굴지 말아야 한다. 이를테면 전공 외적인 책을 섭렵한다든가, 문화적 체험의 부피를 늘려간다든가, 오랜 시간을 쌓아온 인간관계에 좀더 많은 애정과 헌신의 시간을 보탠다든가, 효율적이지 않아 보이는 자기 모험을 감행해본다든가 하는 일을 게을리해서는 안 된다. 물론 정해진 행로를 따라 평균적 자격증에 만족하고 더러는 남에게 비치는 외적 모습에만 집착하고 있는 것도 우리의 숨길 수 없는 현실이지만, 그저 평균적으로 살아가는 데 만족하지 않고 자신의 삶을 치열하고 아름답게 살아가려는 이들의 표정이나 몸짓이야말로 청춘이 꾸는 '꿈'의 가장 아름다운 형식일 것이다. 그리고 우리는 그 모습을 보면서, 그의 생이 스스로와 싸워온 시간에 경의를 표하는 것이다. 그때 청춘은 '꿈'을 꾸는 '꿈'으로서 불멸할 것이 아닌가.

가을에 읽는 책
―늦은 나이란 없다

가을은 만물이 소멸하는 계절이다. 나무들은 저마다 자신의 몸을 감싸고 있던 잎사귀들을 떨구어 뿌리로 돌려보내고, 들녘은 가을걷이 후의 허허로움과 적막감으로 가득하다. 하지만 가을은 만물이 결실하는 계절이기도 하다. 봄의 희망과 여름의 시련을 거친 후의 가을 풍경은 수확 뒤 기뻐하는 농부의 얼굴을 닮았다. 시인 릴케도 "최후의 단맛을 포도송이에 저며넣"(「가을날」)고 있는 가을의 풍요를 노래한 바 있지 않은가. 그만큼 가을은 소멸과 결실의 모순된 얼굴을 가지고 있다. 그래서인지 가을은 인생의 중년과 꽤 흡사하다. 모든 것이 안정되어가면서도 마음 한구석에서는 청년기의 열정을 잃어버린 허전함이 있는 나이, 생의 여유로 인한 넉넉함과 노년기로 나아가는 두려움이 공존하는 나이, 그것이 바로 인생의 중년이니 가을은 여러모로 중년과 닮아 있다.

이 가을에 우리가 가장 먼저 할 일을 들라면 많은 이들은 흔쾌히 '독서'를 꼽는다. "가을은 독서의 계절"이라는 익숙한 표어가 곧바로 연상되는 까닭도 있겠지만, 그보다는 아침저녁으로 서늘해진 기온이 책을 읽기에 퍽 적합하기 때문일 것이다. 그만큼 가을은 그동안 분주하게 살아왔던 시간들을 성찰하고 사색하는 데 알맞은 계절이다. 그러나 정작 우리를 둘러싸고 있는 환경은 책 읽기에 그리 우호적이지 않다. 다양해진 매체 환경이 우리의 시선을 책이 아닌 다른 곳으로 온통 쏠리게 하고 있기 때문이다.

우리는 모든 정보와 지식이 특정한 사람들에게 집중되지 않고 많은 이들에게 공유되는 시대를 살고 있다. 나아가 우리 시대는 다양한 매체가 한꺼번에 공존하면서 서로 경합하는 다매체적 성격을 띠기도 한다. 이러한 '정보화 사회'는 우리에게 여러 가지 변화를 가져다준다. 이를테면 사람들은 '책'보다는 '영상' 쪽으로, 깊은 '생각'보다는 가벼운 '유희' 쪽으로, 지속적인 '지성'보다는 일회적인 '감각' 쪽으로 무게중심을 현저하게 이동하게 된다. 따라서 독서보다는 스포츠나 여행, 영화 관람 등이 대부분의 여가 시간을 점령하게 된다. 이러한 환경에서 '책'이 가지는 문화적 위상은 지난 시대에 비해 매우 왜소해질 수밖에 없다.

일찍이 프랑스 사상가 몽테뉴는 인간을 변화시키는 세 가지 교제가 있다고 말한 바 있다. 그 하나가 동성 간의 우정이요, 둘이 이성 간의 연애요, 셋이 책과의 교제인 독서다. 내일을 위해 사과나무 한 그루를 심는 것처럼, 독서는 자신의 미래를 위해 활자와 사귀는 일종의 교제다. 따라서 책을 읽는다는 것은 자신의 과거와 미래를 함께 만나는 일이다. 법정 스님의 책 『무소유』에도 이런 구절이 나온다. "읽는다는 것은 무엇일까? 다른 목소리를 통해 나 자신의 근원적인 음성을 듣는 일이 아닐까."(「그 여름에 읽은 책」) 이 또한 독서를 통해 우리가 망각했던 자신의 근원적인 모습과 만나야 한다는 목소리일 것이다. 따라서 우리가 이 가을에 독서를 통해 얻어야 하는 것은, 현란한 광고로 치장된 처세술이나 효율성으로 무장한 경영 전략이 아니라, 자신의 지난날과 다시 만나는 바로 그 순간일 것이다. 그러려면 예전에 읽었던 책을 다시 읽는 것도 좋다. 그럼으로써 우리는 시간이 지나면서 조금씩 잊힌 자신에 대해 관심을 가지게 되고, 독서의 대상이 활자 자체가 아니라 그 뒤에 숨어 있는 자신임을 알게 된다.

지금 도심 대형 서점은 책으로 넘쳐난다. 넘친다고는 하지만 정작 좋은 책을 고르기란 쉽지 않다. 홍수 때 먹을 물이 귀하다고 하지 않는가. 이 가을엔 좋은 책을 손에 쥐자. 자신을 찾아 나서는 오랜 여행을 떠나자. 그 대상이 두툼한 볼륨에 정장을 한 양장본일 수도 있고 얄팍한 두께에 무선제책을 한 문고본일 수도 있다. 눈물 글썽이게 하는 비극적 이야기를 담은 소설도 좋고, 온갖 난관을 뚫고 위대한 성취를 이룬 인간의 의지를 담은 논픽션도 좋다. 1년 가야 한 번 떠들어볼까 말까 한 고급 도록이나 화첩이면 어떤가.

가을은 중년의 계절이다. 분주함을 잠시 멈추고 자기 자신에 대해 사색하는 시간이다. 소멸의 안타까움과 결실의 즐거움이 공존하는 이 쓸쓸하고도 아름다운 계절에 자신을 들여다보게 해주는 책을 잡자. 늦었다고 생각할수록 더욱 그리하자. 책을 읽는 데 늦은 나이란 없다.

소중한 성찰의 계기,
여행

최근 사람들이 가장 두드러지게 누리는 기호 가운데 하나가 아마도 여행일 것이다. 미지의 시공간에 대한 호기심과 그에 따른 모험 정신을 필요로 하는 여행은, 자신을 일정 기간 타자화함으로써 '낯선 자아'와 마주치게 하는 특성을 지닌다. 물론 여행은 일상으로 복귀하는 것을 전제로 한 것이기 때문에, 대개 '익숙한 자아'로 귀환하는 구조를 취하게 마련이다. 하지만 다시 돌아온 '나'는 이미 예전의 '나'가 아닐 것이다. 타자로서의 경험을 인상 깊게 받아들인 탓에, 그만큼 한 차원 더 깊어진 '새로워진 나'가 되었기 때문이다.

이처럼 여행이란 미지의 시공간으로 자신을 몰아감으로써 일상에 길든 자신을 적극적으로 새롭게 생성시키는 방법 가운데 하나다. 그중에서 번잡하고 소란한 도시를 떠나 전혀 다른 방식으로 우리를 감싸안고 있는 한적한 자연 사물을 만나보는 여행은, 우리에게 어떤 것이 과잉되어 있고 결핍되어 있는지를 성찰하게 해주는 중요한 실천 행위일 것이다. 그만큼 여행이란 인간의 욕망이 가닿지 않은 순수 원형의 자연 사물 혹은 풍경의 속살들을 찾아 나서는 데 호환할 수 없는 매력이 있는 것이다. 이네들은 한결같이 근대적 삶의 효율성에 의해 차차 사라져가고 있지만, 그 사라짐의 눈부신 순간으로 하여 역설적으로 빛나는 이 땅의 생태적 식솔들이다. 이네들을 통해 우리는 인간의 욕망과 자연 사물이 이루고 있는 비대칭적 힘에 대하여 생각할 수 있는 계기들을 얻게 되고, 명승 위주의 구경거리를 찾아다니는 관광과는 질적으로 다른 여행만의 진수를 맛볼 수 있게 된다. 그리고 시선의 욕망을 채워가는 관광이 자연 사물에게는 얼마나 폭력적이 될 수 있는지를 더불어 성찰할 수도 있을 것이다. 그만큼 진정한 여행은 오지를 찾아 나서는 열정에 의해 완성되는 그 무엇인 셈이다.

오지라는 말은 자연 사물의 원형과 오래된 풍속의 천연스러운 흔적들을 품고 있다. 그곳에는 자연 사물이 빚어내는 놀라운 순간적 통일성이 존재한다. 독일의 문예미학자 발터 벤야민은 외부 세계와 내면 의식의 순간적 통일성, 세계의 근원이나 자연 사물과의 순간적 합일을 '아우라'의 경험이라고 칭하였는데, 이때 아우라는 사물들이 뿜어내는 일회적이고 고유한 속성의 외현을 뜻한다. 이 땅 구석구석의 오지들이야말로 이러한 아우라가 살아 있는 마지막 터라고 할 수 있을 것이다. 이러한 곳에는 공통점이 하나 있으니, 그것은 이렇게 사라져가는 아우라를 지켜내는 이른바 지킴이들이 거기에 반드시 존재한다는 사실이다. 그 지킴이들의 삶과 열정을 찾아보는 것도 여행에서 빼놓을 수 없는 부수적 소득이 될 것이다.

아직 이름조차 붙일 수 없는 새봄에, 우리는 이러한 오지들을 찾아 나설 일이다. 물론 그곳은 산간벽지 같은 물리적 주변부일 수도 있고, 보통 사람들이 가닿을 수 없는 정신의 극한일 수도 있고, 고단한 삶을 이어가는 사람들이 모인 간이역일 수도 있고, 상상 속에서 가닿을 수 있는 격절의 공간일 수도 있을 것이다. 그때 스스로[自] 그러하게[然] 숨쉬고 있는 이러한 자연 사물을 찾아 떠나는 여행은, 새로운 자기 정체성을 찾아가는 일종의 탐색담quest story과 고스란히 닮게 될 것이다.

체 게바라의 자전 에세이 『모터사이클 다이어리』는 우리의 여행 욕망을 부추기면서, 궁극적으로 '새로운 자아'로 돌아오는 여행의 회귀형 구조를 아름답게 보여준다. 그 책을 통해서도 우리는 여행이 얼마나 자신을 소중하게 발견해갈 수 있는 형식인가를 은유적으로 경험할 수 있을 것이다. 그래서 여행은 하나의 세계를 고유하게 경험하면서, 자신의 육체 속에 하나의 빛나는 기억 하나를 각인해가는 생성적 과정이 된다. 우리에게 대

동여지도로 잘 알려진 고산자 김정호 선생은 "제 땅을 제대로 밟아보지 않고 제 나라를 사랑할 수는 없다"라고 하였다. 그래서 우리는, 돈 많이 드는 해외여행과는 전혀 다른, 이 땅 구석구석을 찾아 나서는 여행을 통해, 뭇 존재자들의 존재 형식과 '새로워진 나'에 대한 소중한 성찰의 계기를 맞이할 수 있을 것이다.

공적 기억의 두 층위

오래전 다른 대학 대학원에 출강을 하던 때의 삽화다. 한 학기 강의를 다 마치고 나서 뒤풀이를 하고 있는데, 지금은 유명 평론가가 되어 있는 한 학생이 "선생님은 어쩌면 그리도 야사를 많이 아세요?" 하고 묻는다. 그때는 그 말이, 당신은 왜 그런 비본질적이고 주변적이며 너절한 일들을 많이 알고 있느냐 하는, 일종의 트리비얼리즘에 대한 의구심으로 들렸다. 문학사란 공적 기억을 정리한 일종의 '정사'인데, 왜 작가들의 삶이나 매체를 둘러싼 인적 관계 등 소소한 사실들에 대한 과잉 입력을 하고 있느냐 하는 폄하 혹은 항의 같은 게 느껴졌던 것이다. 원래 '정사正史'란 정확한 사실事實의 역사요, '야사野史'란 민간에서 사사私事로 지어 엮은 역사를 뜻한다. 혹은 정사를 '정식 역사서'라는 의미로 해석하여 그 반대 개념으로 야사를 사용하기도 한다. 그만큼 야사는 정사보다 한 단계 아래의 함의를 담아왔다고 해도 지나친 말이 아닐 것이다. 하지만 그때 내 대답이 그랬다. "미안하네만, 한국 근대문학 연구에서는 정사와 야사가 따로 없네, 운운."

가령 한 작가의 생몰 연도나 작품 발표 시기 같은 공적 팩트나 담론적 차원의 해석은 '정사'로 편입되고, 작가들의 친우 관계나 매체를 둘러싼 학연 및 지연 같은 사실들은 주로 '야사'로 취급된다. 예를 들어보자. 1930년대 후반 우리 문학의 마지막 등대 역할을 했던 〈문장〉이라는 유명 잡지가 있다. 〈문장〉이 조선주의와 상고주의의 결합을 바탕으로 하여 고전 발굴 및 신인 배출 양성에 주력한 것은 정사적 서술이요, 〈문장〉을 실질적으로 주도했던 이병기, 정지용, 이태준이 모두 휘문고보의 인연으로 인맥을 형성했고, 〈문장〉 발행인인 김연만은 물론이고 주요 필자인 박종화, 김영랑, 안회남, 이무영, 오장환, 박노갑, 최태응 등이 모두 휘문 출신이라는 것을 지적하면 야사적 서술이다. 더구나 근대가 지연 중심에서 학연 중심으로 인적 결속의 방식을 현저하게 이월해간 측면을 들어 이러한 학연적 결합의 중요성을 이야기하면, 문학사에서 영락없는 야사적 접근이 된다.

하지만 근대문학 연구에서 이런저런 '야사급' 사실들은 작가나 작품의 속성과 맥락과 영향 관계와 가치를 밝히는 데 매우 중요한 시너지를 발휘하는 일차 자료가 된다. 한국 근대문학을 연구하는 것은 일종의 '공적 기억'의 해석과 배열 방식을 연구하는 것이라고 달리 말할 수 있는데, 이때 모든 형태의 '공적 기억'은 중심—주변의 위계를 해체하면서 사실들 간의 관계를 규명하는 데 호혜적으로 작동한다고 할 수 있다. 그래서 특별히 '기억되지 않는 기억' 혹은 '발화되지 않은(못한) 기억'의 자료적 중요성은 매우 커진다. 그 점에서 '야사'로 강등되거나 폄하된 서지적·인적·맥락적 사실들은 근대 작동의 원리들로서의 중요성을 크게 지닌다고 할 수 있다.

우리 시대는 형이상학과 정전正典의 급속한 와해를 현실화하면서 다가오는 온갖 종언주의endism에 가파르게 둘러싸여 있다. 이때 문학은 모호하고 복합적인 '기억'의 역학을 통해 그 종언의 선언성에 저항한다. 그래서 나는 근대문학의 속성 가운데 가장 중요한 원리를 '기억'으로 보고, 그 '기억'이 고고학자의 시선처럼 현재의 지층 속에 화석의 형식으로나 있을 법한 오래된 질서들을 발견하고 재현하는 어떤 힘임을 발견하고 있다. 특별히 그것을 근대문학을 통해 발견하면서, 형이상학적 중심의 부재로 특징지어지는 우리 시대의 척박함과 가벼움을 극복해가는 기율과 비의가 그 안에 있다고 믿고 있다. 그러니 작가나 시인들에 대한 '기억'에 정사와 야사가 따로 있을 리 없지 않은가.

정사와 야사를 구분하여 상하 관계로 위계화하는 것은, 말할 것도 없이, 학문적 엄숙주의와 체제 친화의 산물이다. 정사가 유일한 구심적 영토가 아니듯이, 야사가 위사僞史는 더더욱 아닐 것이다. 더구나 작가나 작품들의 기록되지 않은 기억인 '무의식'은, 정사와 야사라는 투박한 이분법을 훌쩍 넘어서게 마련이다. 그만큼 한국 근대문학은 근대인의 의식과 무의식 그리고 자의식을 증언하는 풍요롭고도 복합적인 실체이다. 그래서 근대를 구성했던 소소한 사실들마저 근대의 속성과 실체를 밝히는 데 더없이 종요로운 것이고, 우리의 학문적 탐침探針은 그것을 풍부하게 겨냥하는 것이다.

우리 모두는 어린이

대통령선거에 묻혀 관심이 덜하지만, 얼마 있으면 어김없이 어린이날이 돌아온다. 우리 역사에서 어린이를 독립된 인격체로 보고, 이들을 대상으로 하는 문학 작품이 창작되기 시작한 것은 대략 20세기 들어서이다. 독립된 주체로서의 어린이의 등장이 근대문학의 중요한 지표 가운데 하나라는 점은 그동안 대부분의 학자들이 동의해온 사실이다. 국민국가가 제도교육의 일원으로 비로소 어린이를 발견하면서, 어린이문학 역시 매우 중요한 범주로 등장하게 되었기 때문이다.

근대문학 초창기의 선구자 육당 최남선이 "우리 대한으로 하여금 소년의 나라로 하라. 그리하랴면 능히 이 책임을 감당하도록 그를 교육하라"는 취지문을 내걸고 〈소년〉이라는 잡지를 1908년에 창간한 것도 어린이의 중요성을 발견한 근대문학의 한 풍경을 보여주는 획기적 사건이었다. 하지만 이는 어린이 자체에 집중한 것이라기보다는, 오랜 쇄국의 시간 너머로 개방적 근대화를 촉진하려 했던 민족계몽운동의 한 방편이었다고 할 수 있다. 이러한 과도기적 열정에 바탕을 두고, 어린이문학은 소파 방정환에 의해 그 명실상부한 발전을 이루게 된다. 방정환은 일본 유학중에 동화집 『사랑의 선물』(1922)을 낸 바 있고, 1923년 3월 20일 어린이운동의 중심이 되었던 잡지 〈어린이〉를 창간하였고, 1923년 5월 1일 서울에서 처음으로 어린이날 기념식을 거행하였다. 그럼으로써 그는 '애들'이라는 비칭으로 불렸던 존재들을 '어린이'라는 명칭으로 바꾸어냈다. 어린이 인권의 역사적 도약을 상징하는 어린이날 제정과 함께 어린이문학의 대중적 보급이 그로 하여 본격화되기 시작한 것이다. 이처럼 근대와 전통 혹은 외세와 자주가 가파르게 맞섰던 시기에 방정환은 어린이문학을 통해 독립운동과 문학운동을 펴나갔으며, 우리말의 소중함을 세상에 널리 제창하기에 이른 것이다.

이러한 어린이문학 형성기에 주류로 등장한 것이 아마도 '동시(동요)'일 것이다. 애국운동의 일환이기도 했던 어린이운동은, 수많은 동시 작품이 박태준, 홍난파, 정순철 등의 작곡가들을 통해 세련된 동요로 몸을 바꾸면서 그 대중적 파급력을 확장하게 된다. 매우 활발하게 사람들 입에 오르내리게 된 근대 동요는, 그 점에서 모국어의 힘과 아름다움을 보여준 첨예한 문학사적 실례였다고 할 수 있다. 한정동의 〈따오기〉, 윤극영의 〈반달〉, 유지영의 〈고드름〉 같은 동요가 나오면서, 이들은 어린이로 하여금 나라 잃은 슬픔을 느끼게 해주었고, 은연중 민족의식이나 독립 정신까지 고취하는 충정으로 이어져갔다. 또한 윤석중 등은 어린이들이 한숨짓지 않도록 밝고 희망찬 동시를 썼는데, 밝은 노래를 부르고 싶어도 부를 노래가 없었던 시절, 이들의 작품은 어린이들의 밝은 마음을 담아 폭넓은 대중성을 확보하게 된다.

말할 것도 없이, 동시는 어린이의 시다. 하지만 동시가 어린이만을 위해 쓰인 시라고 할 수는 없다. 그것은 '어린이'는 물론이고 '어린이였던' 기억을 가진 모든 사람이 읽고 즐길 수 있기 때문이다. '어린이였던' 이들의 기억 속에 남아 있는 어린 시절의 모습은 때로는 아름답고 때로는 애틋하다. 비록 지금은 그러한 기억들을 잊어버린 채 살아가지만, 아직도 이들에게는 한때 세상을 경이롭게 바라보던 순수한 눈빛과 밤을 꼬박 새우기도 했던 호기심 어린 심장소리가 선연하게 남아 있다. 그러한 기억을 일깨워주고 다시 경험하게 함으로써, 동시는 어린이의 시이면서 '어린이였던' 모든 이들의 시로 새삼 다가오는 것이다.

사실 우리는 모두 어린이였지 않은가. 그래서 우리는 좋은 동시를 읽음으로써 천진한 어린이의 눈빛으로, 세상에서 가장 더운 심장으로, 그리고 삶에 대한 가장 긍정적인 신뢰와 희망으로 사람과 사물을 다시 마주할 수 있게 된다. 우리 모두는 어린이이고, 어린이날은 그런 어린 시절을 순간적으로 탈환해주는 날이기도 하다.

명칼럼,
기억의 계보학

'칼럼'은 신문이나 잡지에 실린 비교적 짧은 시사적 에세이를 뜻한다. 물론 좁은 의미의 '시사성時事性'을 반드시 포함해야 하는 것은 아니지만, 필자의 경험과 식견이 사회적 현상이나 공동체의 비전에 대한 논리적 해석과 결합되어 발화되는 양식이 칼럼인 것만은 분명할 듯하다. 그래서인지 우리 세대는 칼럼을 통해 논리적 글감에 대한 경험을 시작했던 것 같다. 가령 조간신문에 실린 유명 논객들의 칼럼은, 우리들의 논리적 글읽기의 기원을 형성했던 것이다. 그때 우리는 그들의 촌철살인의 시선과 표현을 통해 동시대의 한계와 가능성에 대한 간접 경험의 매혹을 누릴 수 있었다.

내 기억의 가장 먼 곳인 1970년대는, 지금 생각해보면, 아직 한국 지성계가 이념적 분화를 겪기 전이었던 듯하다. 그래서 독자들은 특별한 이념적 친소親疎 관계를 떠나 지적 교양은 물론이고 한 시대에 대한 해석과 판단의 암시를 그들의 명칼럼을 통해 경험할 수 있었다. 그 점에서 1970년대는 분명히 '칼럼의 시대'였다. 이때 쓰인 송건호의 인상적 칼럼 「讀者로서 읽는 新聞」(《씨울의 소리》, 1977)은, 일제 강점기의 신문을 열람한 끝에 "신문 구실을 못한 일제하 낡은 지면"을 통해 비유적으로 70년대의 언론 상황을 비판하고 있는데, 이는 한 시대의 증언자로서의 언론 역할을 못하고 있는 기자로서의 자의식이 포함된 것이었다.

1980년대 이후 언론 속의 칼럼은 매우 다양해진다. 내 기억에 그 이름들은 선우휘, 이영희, 김동길, 박현채, 이규태, 서광선, 김진만, 이어령, 정규웅 등으로 남아 있다. 이들 가운데 어떤 이들은 작고하였고 어떤 이들은 진보 진영의 상징이 되었고 어떤 이들은 보수 진영의 언론인이 되었다. 그야말로 활발한 이념적 분기分岐를 맞게 된 것이다. 이때 유명 칼럼니스트로 활동했던 이들로 우리는 동아일보 김중배·최일남, 조선일보 류근일, 한국일보 장명수, 한겨레 정운영을 기록해야 할 것이다. 그런가 하면 80년대는 억압적 통치 체제로 인해 지상地上/誌上의 언어와는 전혀 다른 언더그라운드의 언어가 활발한 불온성을 띤 채 공존하면서 서로 갈등했던 시기였다고 할 것이다.

그러다가 1990년대 벽두를 뜨겁게 달구었던 칼럼은 단연 김지하의 「죽음의 굿판을 걷어치워라」(《조선일보》, 1991)이다. 강경대 치사사건으로 촉발된 분신 정국을 맞아 발표된 이 칼럼은 "젊은 벗들! 지금 곧 죽음의 찬미를 중지하라, 그 굿판을 당장 걷어치워라"라는 표현으로 시작된다. 이 칼럼은 당시 학생운동 배후에 죽음을 부추기는 세력에 있다고 하여 커다란 센세이션을 일으켰는데, 그 발언의 주인공이 박홍이나 조갑제가 아닌 '김지하'였기 때문에 그 아이러니는 더욱 크게 다가왔다.

2000년대 이후에는 다변화된 매체 환경과 언론 자유의 극대화로 인해 홍세화, 박노자, 김정란, 한홍구, 진중권 등 비판적 지식인들의 칼럼과, 그 나름의 문체적 개성과 전문적 식견을 지닌 전문가들의 문학, 영화, 과학, 경제, 의학 칼럼 등이 다양하게 펼쳐지고 있는 것이 특징적이다. 또한 무명 혹은 익명의 인터넷 칼럼니스트들이 거대한 규모의 자기 표현을 보여주고 있기도 하다.

이러한 기억의 계보학을 가진 우리 언론 속의 칼럼들은 교양주의적 읽을거리에서 정치적·이데올로기적 자기표현에 이르기까지 시민민주주의가 마땅히 거쳐야 할 다양하고도 개성적인 토론거리들을 줄곧 담아왔다. 하지만 그동안 우리의 칼럼들은 근대화, 민주화라는 절체절명의 과제로 인해 다분히 정치, 경제 쪽의 편향을 보여왔다. 그런데 우리 시대의 독자들은 이러한 시사성을 넘어서 생태, 여가, 예술, 종교 등 인간 존재를 구성하는 다양한 테마에 대한 근원적 목소리를 들려주는 새로운 칼럼니스트들을 요청하고 있다. 그들의 새로운 언어가 탈정치적 흐름을 선명하게 보이는 우리 시대에 새로운 칼럼의 모형으로 등장하게 될 것이다.

고전 흥행의 시대

최근 극장가를 강타한 뮤지컬 영화 〈레미제라블〉의 파장은 곧바로 서점가로 이어져 빅토르 위고의 소설을 찾는 이들의 예상 밖 확장을 불러왔다. 물론 영화가 상영된 것이 대선 정국이었다거나 한국 사회를 읽는 대표 독법 가운데 하나인 계층적 사유가 한몫했다거나 하는 진단이 틀린 것은 아니지만, 이미 여러 차원에서 향유되고 소비된 고전이 흥행과는 크게 관련이 없다고 정평이 난 뮤지컬 장르로 히트를 친 것은 퍽 이례적인 일이 아닐 수 없다. 이 거대한 작품은 기독교적 독해를 통해 자베르를 율법의 상징으로 장발장의 변모와 그후의 인생을 복음의 상징으로 읽을 수도 있고, 사랑의 위대함을 기리는 일대 연애소설의 명편으로 읽을 수도 있고, 혁명으로 대변되는 공동체의 실천 의지가 근대 프랑스 사회를 어떻게 견인해왔는가를 실증하는 역사 드라마로 볼 수도 있고, 무엇보다도 저 '비참한 사람들'의 가장 구체적이고도 풍부한 삶의 보고서로 읽을 수도 있을 것이다. 어쨌든 이 모든 것이 고전을 재해석하는 후속 문화의 힘이요, 끊임없이 장르 간 교섭을 통해 새롭게 재탄생하는 고전만의 고유한 파생적 힘이라고 할 수 있을 것이다.

우리가 경험하고 있듯이, 최근 우리 주위에 미만해 있는 쟁점 부재의 속성은 곧바로 우리에게 '근원(기원)' 혹은 '고전(정전)'에 대한 성찰의 기회를 주고 있다. 이미 검증된 듯 보이지만 여전히 풍부한 문제성을 내장하고 있는 문학의 여러 기원들을 다시 탐색하고 그 의미를 따져 묻는 태도를 통해 우리는 쟁점 위주의 논쟁사가 빠뜨리고 지나갔던 작품 읽기의 정치함이나 작가의 여러 면모에 대한 입체적이고 구체적인 해석과 평가에 진력할 수 있게 된 것이다. 학회 쪽을 돌아다봐도 사정은 마찬가지다. 한국연구재단의 등재(후보)지 정책 및 학술대회 지원 이후 개별 학회 모임은 그 어느 때보다도 활황을 맞고 있지만, 빈번하게 치러지는 학술대회를 달구는 뜨거운 쟁점을 찾아보기는 쉽지 않다. 대개는 문학사의 쟁점이 되어왔던 고전적 논의들을 다른 시각에서 재조명하거나, 아니면 평단에서 이루어지는 개념 논의들을 근대문학사에 매개해보는 선에서 연구 방향이 머물러 있다. 이같은 현상을 지난 시대와 비교해보면 그 쟁점 빈곤의 외관은 더욱 뚜렷해진다. 1960~70년대의 순수·참여

문학론이나 민족문학론, 1980년대의 노동문학론, 농민문학론, 민족문학 주체논쟁, 1990년대 이후의 포스트모더니즘 논쟁, 동아시아 논쟁, 신세대문학 논쟁, 근대성 논의 등 화려한 쟁점 목록에 비추면 요즘 제기되고 있는 미학적 논의들은 쟁점의 요목들이 미미하기만 하다. 그래서인지 문학 연구의 기율이 미시사를 중시하는 풍속사적 실증주의로 기울거나 아니면 탈식민성, 페미니즘, 정치(성) 등 일련의 이념이나 개념에 한국문학의 지평을 연루시키는 방향으로 진행되고 있다고 할 수 있다. 또한 개개 텍스트에 대한 충실하고도 꼼꼼한 읽기도 방법론 부재 시대의 유력한 대체 방식이 되고 있다.

결국, 우리는 기원이나 정전을 다시 상상하고 되읽으면서 그것을 현재형과 접속하고 매개하는 이른바 '고전 흥행의 시대'를 살고 있다. 시민대학이라고 부르는 모임에서도 마르크스나 공자, 사마천 같은 고전들이 새삼 활황을 맞고 있다는 점도 지난날의 위대한 사유들을 오늘에 끌어오려는 지적 충동을 낱낱이 입증한다. 물론 이는 하나의 강력한 담론 체계가 타자적 언어들을 억압하고 단일한 중심 권역을 형성했던 시대에 대한 강렬한 반성의 형식으로 나타난 것이기도 하다. 지금 시대가 다양한 문화 간의 충돌과 교섭이 그 어느 때보다 활발하게 이루어지고 있고 진영과 이념 사이에 개재해 있던 구획도 느슨해져 가고 있는 만큼, 앞으로도 그러한 반성과 재구축의 열정은 가치 있는 고전들을 준별하고 새롭게 재해석하려는 지적 과제를 끝없이 부여해갈 것이다. 하지만 고전 위주의 독서나 사유가 반드시 대안적 긍정성만을 가지고 있는 것은 아닐 터이다. 오히려 그것은 문학의 존재 이유 가운데 하나인 동시대성의 핍진한 탐구라는 근본적 지반을 흔들 수도 있기 때문이다. 그 점에서 최근 활발하게 귀환하고 있는 고전의 되읽기 경향은 반가운 일이자, 끊임없이 그 양면적 의미를 되물어야 할 일이라 할 것이다.

3부

소멸하지 않는 흔적들

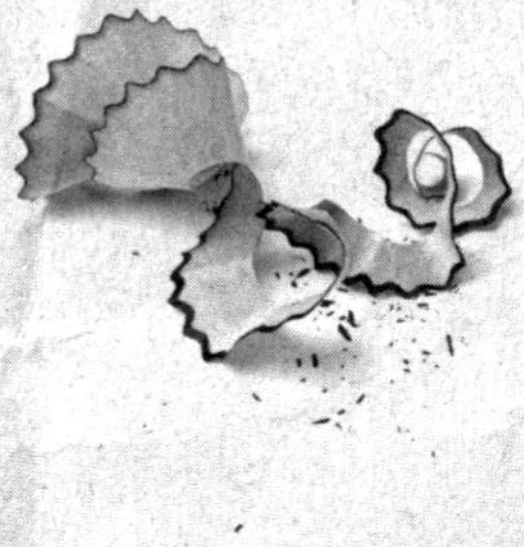

세계문학의 새로운 좌표

'국민문학'과 '세계문학'은 그동안 확연한 대비적 개념으로 사용되어왔다. 국민문학이 역사적으로 형성된 한 국민국가의 고유 속성을 드러낸 문학적 실체를 말하는 것이라면, 세계문학은 인류 공유의 문화 개념으로서 보편타당한 인간의 사상이나 정서를 담은 것을 함의해왔기 때문이다. 그러나 세계문학이 국민문학의 결실 가운데 보편적 가치를 함유한 것들이 획득해간 확장적 개념임이 발견되면서, 세계문학은 사실상 존재 개념이 아니라 가치 개념임이 확실해지게 되었다. 단테의 『신곡』은 중세 유럽 공통어인 라틴어가 아니라 일개 지방어였던 이탈리아어로 쓰였다는 점에서 국민문학의 선구로 꼽히는데, 영국의 디킨스, 독일의 괴테, 프랑스의 위고, 러시아의 푸시킨 등이 이러한 사례에 해당한다. 따라서 국민문학이 서구에서 르네상스 이후 중세적 보편주의를 극복하고 근대적 국민국가와 민족어의 성립에 따라 발생한 문학을 뜻한다고 할 때, 우리는 그 가운데 세계문학의 성좌로 편입한 실례들을 수없이 만나게 된다. 그런데 문제는 이러한 과정에서 서구 편향성이 강하게 드러남으로써, 우리가 세계문학을 영독불英獨佛과 러시아라는 한정된 대상으로 바라보게 되었다는 점에 있다.

아닌 게 아니라 우리가 접해온 세계문학선집은 대체로 서구의 것들로 구성되어 있었다. 그러다가 서구의 지배를 받아온 제3세계 문학에 눈을 돌리게 된 것은 역사가 그리 오래되지 않았다. 특별히 유럽과 지근의 거리에 있어서 더욱 큰 고통에 시달려온 아프리카는 문학의 불모지대로 인식되기까지 했다. 한 아프리카 시인은 이러한 세계문학의 제국주의적 개념을 비판하면서, 제3세계 특유의 예언자적 감성을 통해 서구 중심의 세계문학 개념에 균열을 가한다. "아프리카, 나의 아프리카!/대대로 물려받은 대초원에서 당당하던 무사들의 아프리카/나의 할머니가 머나먼 강둑에 앉아 노래한 아프리카,/ (중략) /아프리카 나에게 아프리카를 말해다오./이 굽은 등은 너인가/굴욕의 무게로 부서진 이 등/붉은 상처 자국에 전율하는 이 등/그리고 한낮의 태양 아래에서 채찍에 '네'라고 답하는 이 등이 너인가/그러나 어떤 엄숙한 음성이 내게 대답한다./성급한 아들아, 이 젊고 튼튼한 나무/하얗게 시든 꽃들 가운데/눈부신 외로움으로서 있는/바로 이 나무,/이것이 아프리카다."(데이비드 디오프, 「아프리카」)

디오프는 1927년 프랑스에서 태어나 자란 세네갈 시인으로, 아프리카를 조국으로 생각하고 평생을 살아왔다. 이 시는 식민지 역사로 물든 아프리카의 아픈 현실과 밝은 미래를 대조하면서, 자신의 조국에 대한 확신을 열정적 목소리로 노래하고 있다. 이러한 비전을 위해 시인은 새 시대를 열어갈 젊은이들의 각성을 촉구하고 있다. 시인은 절절함이 깃든 목소리로 자신의 조국 아프리카를 호명하는데, 그 목소리를 통해 당당하고 자유롭던 아프리카와 제국주의의 억압으로 인해 노예화되어버린 아프리카를 성찰하고 있다. 이때 그의 조국은 핏물로 얼룩지고 등에는 채찍 자국이 선명한 모습으로 각인되지만, 끝내 강인한 생명력을 지닌 젊고 튼튼한 나무로서 몸을 바꾸어갈 것으로 비유된다. 이처럼 시인은 아프리카가 당당한 세계사적 주체로 살아갈 수 있다는 믿음을 종교적 엄숙성으로 확인하고 있다. 세계사적 폭력의 부당함과 그것을 극복하고 평화와 자유를 획득하려는 의지가 선명하게 나타나 있는 것이다.

최근 우리는 새로운 세계문학 작품들이 앞다투어 번역되는 것을 목도하고 있다. 거기에는 서구 제국의 전성기에 쓰인 미번역 작품들도 있지만, 그동안 시선을 돌리지 못했던 아시아, 아프리카, 라틴아메리카의 중요 작품들도 여럿 있다. 이들을 통해 우리는 제국을 넘어 존재하는 진정한 세계문학의 심장을 만나 볼 수 있을 것이다. 그리고 그때 비로소 우리는, 우리 스스로 아시아의 일원으로서 가질 법한 자의식을 통해, 세계문학의 새로운 좌표를 상상할 수 있을 것이다.

이국에서 길어올린 모어 사랑 30년

지난주에 미국 LA를 방문하였다. 재미시인협회 창립 30주년 기념행사에 나태주 시인과 함께 강연자로 참석한 것이다. 재미시협은 모어母語의 품과 격을 견지하면서 시를 써가는, 일상적으로는 이중언어bilingual 환경에 놓인 '이민자' 시인들의 모임이다. 그 나름의 치열한 언어의식을 가지면서 이국에서의 오랜 경험 속에 녹아 있는 모어의 아름다움을 누구보다도 정성스레 개척해가는 이들의 모습은, 그 자체로 20세기 한국 현대사를 에둘러 외현外現하는 장면이 아닐 수 없을 것이다. 아닌 게 아니라 이 시인들의 노마드적 언어는, 이민 생활에 따른 보람과 행복은 물론이고 근원적이고 인생론적인 고독이나 결핍까지 선명하게 전해줌으로써, 한반도 바깥에서 이루어지는 한국문학의 예외적 성취를 잘 보여주고 있다. 그렇게 시인들은 이민자로서의 경험을 통해 가족 간의 사랑이나 조국에 대한 애정 혹은 보편적 인생론 등을 힘있게 노래함으로써, 오랜 이민 생활을 한편으로는 누리고 한편으로는 견뎌올 수 있었을 것이다.

더불어 시인들은 모어에 대한 애착을 통해 자신들의 시쓰기가 필연적으로 존재론적 사건이자 작업임을 고백하고 있다. 이는 이민 생활을 관통하면서 존재하는, 양도할 수 없는 자신들만의 고유한 삶의 방식일 것이다. 물론 그 안에는 자신들이 살아온 오랜 세월에 대한 그리움도 가로놓여 있을 것이다. 이처럼 그동안 쌓아온 재미시협의 성취는 현실과 꿈 사이에서, 모국과 이국 사이에서, 기원origin과 현재형 사이에서 자신을 가능케 했던 모어에 대한 사랑의 힘을 거듭 확인하게 했을 것이다.

미국에서는 1982년 9월 미주한국문인협회를 신호탄으로 한국문학 단체가 비로소 설립되었다. 그로부터 현재에 이르면서 한국인 문학 단체는 다양하게 운영되고 있다. 그러던 중 뜻하지 않게 '재미시인협회'와 '미주시인협회'가 나뉘는 아픔을 겪었지만, 최근 다시 통합되어 이번에 뜻깊은 행사를 치른 것이다. 조옥동 재미시협 회장은 "많은 시인들이 동참하여 시밭을 드넓고 아름답게 펼쳐나갈 사명"을 확인해가겠다고 말했고, 행사에 참여한 김낙중 LA 한국문화원장도 한국의 예술과 역사를 알리는 공동 목표를 한국문화원과 재미시협이 가지고 있다면서 격려하였다. 현재 계간으로 발행하고 있는 재미시협 기관지 〈외지

外地〉는 이러한 성과를 앞으로도 담아갈 것인데, 이러한 이들의 활동에 문체부나 현지 한국문화원에서 더욱 많은 후원이 있기를 희망해본다.

오래전, 한 TV 프로그램을 진행하던 아나운서는 '해외동포 여러분!'을 꼭 인사말 앞에 넣었다. 그 '해외동포 여러분'은 여전히 모어의 동질성을 유지하면서 언어 공동체를 자신의 존재론적 원천으로 상상해가고 있다. 물론 트랜스내셔널 시대를 가로지르는 디아스포라 경험을 한국문학의 관점에서 어떻게 바라볼 것인가 하는 것은 첨예한 쟁점을 안고 있는 문제이지만, 여기서 우리는 이들의 문학적 성취를 한국문학의 중요한 심층으로 바라보아야 한다고 생각하게 된다.

여전히 한반도 바깥에서 펼쳐지는 중국 조선족문학, 중앙아시아 고려인문학, 미주문학 등은 한국문학의 소중한 외연이자 '이민문학'이라는 특수성이 집약된 결실일 것이다. 어쩌면 시간이 흐를수록 모어로 글을 쓰고 작품집을 내면서 자신의 경계적 정체성을 사유해가는 그들의 숫자는 줄어들지도 모른다. 그러나 우리는 이민문학의 코어에서 더욱 창작에 진력하는 분들이 많이 나오고, 그분들의 경험과 기억이 국내 문단에도 매우 중요한 '타자의 거울'이 되기를, 그리고 이민문학을 해가는 분들도 국내 문단에의 종속성을 한결 덜어내면서 자신들만의 오롯한 특수성을 개척해가기를 마음 깊이 바란다. 이 행사는 그 점에서 한국 이민문학의 뚜렷한 역사적 표지標識가 되어줄 것이다. 그렇게 이국에서 길어올린 모어 사랑 30년은 속절없이 흘러갔지만, 이들의 '외지'에서의 시쓰기는 지속될 것이니까 말이다.

'내 마음의 집'으로

오래전에 개봉되어 많은 이들의 기억 속에 뚜렷하고도 아름다운 영상을 남겨주었던 영화가 한 편 있다. 이정향 감독의 〈집으로〉가 바로 그것인데, 이 작품은 우리가 지금 무엇을 잃어버린 채 살아가고 있는지를 순도 높게 그려낸 명편이었다고 기억된다.

영화의 처음은 어린 상우가 낯선 시골에 계시는 외할머니에게 한동안 맡겨지는 장면에서 시작된다. 인스턴트식품과 게임에만 철저히 길들여져 있던 어린아이가 감옥과도 같은(정말 '감옥'이 따로 없다!) 시골에서 겪게 되는 소통 장애와 유폐감은 상상을 초월한 것이었다. 더구나 할머니는 말도 못하시고 손짓과 표정으로만 손자에 대한 사랑과 관심을 표현하실 뿐이니, 어린 손자가 느끼는 답답함과 원망은 더욱 깊어갈 수밖에 없었을 것이다.

하지만 결국 그 어린 손자가 노인의 깊은 사랑을 깨달아가는 과정을 이 영화는 담담하게 담아낸다. 그리고 마지막 장면에서 손자가 할머니의 언어인 수화手話를 통해 자신의 미안함과 사랑을 표현하는 장면은 우리에게 깊은 감동을 준다. 할머니와 손자 사이에 이루어진 이 아름다운 소통 과정은 우리로 하여금 이 영화의 제목에 대하여 깊이 생각해보게 한다.

먼저 이 영화의 제목은 할머니와의 짧은 시간을 보낸 후에 어린아이가 자신의 원래 '집으로' 돌아가는 모습을 연상시킨다. 그야말로 감옥을 탈출해 귀가하는 것이다. 그러나 과연 그럴까? 오히려 이 영화의 제목 '집으로'는 우리가 궁극적으로 가닿아야 할 장소를 가리키는 것처럼 보인다. 처음에는 답답함과 원망의 장소였던 할머니의 스러져가는 '집'에서 손자가 배운 소통과 사랑의 마음이 향하는 곳, 바로 그곳이 우리 모두가 가야 할 '집'이다. 그래서 이 영화가 가리키는 '집'은, 지상에 서 있는 물리적인 집 한 채가 아니라, 우리 모두가 잃어버린 '내 마음의 집'인 셈이다.

이때 우리가 마음에 되찾아야 하는 '집'은 말하자면 'house'가 아니라 'home'이다. "집 얼마에 샀니?" 혹은 "요즘 집 같지가 않아"라고 말하는 경우가 있다. 이때 앞의 '집'은 실물로 거래되는 부동산不動産으로서의 '집'이지만, 뒤의 것은 우리가 아늑하게 안식하고 재충전하는 '홈'으로서의 '집'이다. 그래서 집이 없는 사람은 무주택자를 말하기도 하지만, 지상의 안식처로서의 집을 잃어버린 진짜 '홈리스'들을 말하는 것이다. 존재의 근원이자 뿌리인 '집으로' 이제 천천히 돌아와야 한다는 이 영화의 메시지는, 요즘 '집'의 해체가 급증한다고 걱정들이 많은데, 그에 대한 중요한 화두가 될 수 있을 것이다.

그렇다면 우리 현대인들은 왜 '내 마음의 집'을 잃어버리고 '길' 위로 나와 있을까? 보통 '길'은 유랑을 환기하고 '집'은 정착을 뜻한다. 그래서 '집'에 정착하지 못하고 '길' 위에 내던져져 있는 과정적 존재로서 자신을 파악하는 것은 우리 사고방식에서 매우 익숙하다. 흔히 하는 말에 "집도 절도 없다"는 말은 그동안 오래도록 뿌리 뽑힌 삶을 살아왔던 우리 역사에는 안성맞춤의 말이 된다. 그 뿌리를 되찾기 위해 우리가 세워야 할 또 하나의 집은 그래서 국가이다. 나라 '국國'에 집 '가家'를 보태 그것도 결국 '집'임을 나타낸 속뜻도 깊다. 우리가 생각의 폭을 가장 넓혀 다다를 수 있는 공간인 우주도 결국 '우宇'와 '주宙'가 모두 '집'을 뜻하는 글자로 조합되어 있지 않은가. 이처럼 우리가 집착하고 꿈꾸어야 할 '집'은 저 당당하고도 초라하게 서 있는 고층건물이 아니라, '내 마음'에 세워야 할 홈이요, 나라요, 우주인 것이다.

서민들에게 꿈을 물어보면 대개 내 '집' 마련을 말한다. 특히 어렵게 장만한 도심의 아파트나 전원주택은 그들의 마음에 커다란 만족을 준다. 하지만 그 안에 우리는 사람의 꿈과 체온과 숨결을 담아야 한다. 그 꿈과 체온과 숨결을 담은 곳을 우리는 '집'이라고 부른다. 그렇게 이제는 우리도 천천히 '내 마음의 집'으로 가야 한다.

영화 〈동주〉가 보여준 빛과 상처

내게는 소홀치 않게 보관해온 귀중본들이 몇 있다. 오래전 출간된 초간본 시집이나 잡지 창간호 같은 것들, 귀한 분들로부터 친필 사인을 직접 얹어 받은 책들, 각별하고 유일한 기억이 얹혀 있는 책들이 그 목록을 차지한다. 서서히 낡아가는 종이의 속성 때문에 페이지를 넘겨가면서 읽어내기 어렵게 된 이 책들은, 교환 가치에 의해 바꿀 수 없는 자신만의 유일한 자리를 한사코 구축하고 있다. 그 가운데 윤동주 시집 『하늘과 바람과 별과 시』가 있다. 물론 정음사 판 초간본은 아니다. 1955년 2월 16일, 그러니까 시인의 10주기를 기념하여 정음사에서 펴낸 중간본이다. 초간본에 선명하게 자리를 차지하고 있던 정지용의 서문이나 유정의 조시 그리고 강처중의 발문이 쏙 빠졌고, 대신에 시인의 아우인 윤일주의 「선백의 생애」와 정병욱이 쓴 후기가 말미에 붙어 있는 책이다. 이제는 60년 세월을 훌쩍 넘어 종이들이 나풀대기까지 하는, 고서古書에 가까운 이 책을 나는 무슨 불멸의 기억처럼 소중하게 간직하고 있다.

영화 〈동주〉를 보면서 새삼 이 책을 생각했다. 이 영화는 시인 윤동주의 삶과 죽음을 영상화한 거의 최초의 대중물이라고 할 수 있다. "평생을 함께 한 오랜 벗 윤동주와 송몽규, 두 사람이 어떻게 시대를 이겨냈고, 그 시가 어떻게 이 땅에 남았는지, 그 과정을 영화로 담고 싶다는 바람 하나로 이 작품을 시작했다"는 이준익 감독의 포부는, 거의 100년이 다한 이들의 세월을 꼼꼼하게 재구해가는 과정에서 어느 정도 달성된 것 같다. 그들의 일대기를 흑백화면에 담아 고고학적 속성을 높인 것도 꽤 실감나게 전해져왔다. 물론 아쉬움이 없는 것은 아니다. 송몽규가 신춘문예에 당선되던 즈음 동주에게 『정지용시집』이나 백석 시집 『사슴』을 전달하는 장면은 그 시집들이 훨씬 뒤에 출간된 것을 감안하면 고증 착오다. 영화에서 윤동주, 송몽규와 동기로 나오는 강처중은 윤동주의 작품 일부를 보관하였다가 이후 대중에게 공개하고 『하늘과 바람과 별과 시』의 발문까지 쓴 분이다. 해방 이후 사회주의 노선을 걸었던 분인데, 영화에서는 다소 코믹한 단역에 머물러 아쉬웠다. 시의 창작 시점과 화면의 시점이 맞지 않는 것도 꽤나 있었고, 시가 낭송될 때는 자막 처리를 해서 대중의 이해를 도왔어야 했을 것 같다.

윤동주가 호감을 가진 두 여성이 등장하는데, 이화여전 학생은 어디까지나 추정에 불과한 분이고, 일본 여성 쿠미는 허구의 인물이었다. 물론 영화에 이 여성들이 출연한 것에 전혀 불만은 없다. 릿쿄대학에서 공부할 때 윤동주가 낸 보고서가 깨끗한 A4 용지에 컴퓨터 글꼴로 제출된 것에서는 약간 실소를 머금기도 했다. 하지만 이 모든 '옥에 티'에도 불구하고 이 영화는 윤동주의 문학적·사상적 생애와 함께, 일본 경찰에 체포되어 심문 받고 죽어가는 조선 청년들의 마지막을 실감나게 보여주었다. 특별히 송몽규의 존재를 대중에게 알린 점 또한 고무적이라 생각된다. 극중에서 정지용을 연기한 배우 문성근은, 윤동주나 송몽규의 북간도 친구였던 문익환 목사의 아들이니, 우정 출연 같은 것이 아니었나 싶다.

문익환 목사는 생전에 "너는 스물아홉에 영원이 되고/나는 어느새 일흔 고개에 올라섰구나/너는 분명 나보다 여섯 달 먼저 났지만/나한텐 아직도 새파란 젊은이다/너의 영원한 젊음 앞에서/이렇게 구질구질 늙어가는 게 억울하지 않느냐고/그냥 오기로 억울하긴 뭐가 억울해 할 수야 있다만/네가 나와 같이 늙어가지 않는다는 게/여간만 다행이 아니구나"(「동주야」)라고 적었다. 이러한 문익환의 표현에서 우리는, 죽어 '불멸의 영원'이 되고 살아 '뜨거운 역사'가 된 두 선구자의 아름다운 만남을 느낀다. 그렇게 우리는 '지금 여기'에서 윤동주—송몽규—강처중—문익환으로 이어지는 청춘과 사랑의 아름다운 기억들을 바라보고 있다. 정부가 일본군 위안부 관련 협상을 서둘러서 마친 시점 직후인지라, 우리는 더욱더 영화 〈귀향〉과 함께 〈동주〉가 던져준 전혀 다른 민족의 '빛'과 '상처'를 강렬하게 느끼고 있다. 그 아름답고도 가혹하기 짝이 없는 빛과 상처를 기억하면서 말이다.

한국문학의 국제적 위상을 위하여

최근 우리 문학계의 핫 이슈는 크게 두 가지인 것 같다. 하나는 작가 한강이 소설 『채식주의자』로 맨부커상 수상이라는 커다란 성취를 이룬 데 대한 축하의 분위기이고, 다른 하나는 국립한국문학관 건립을 둘러싼 이러저러한 논의의 분위기이다. 앞의 것은 쾌거에 비유되는 대외적 성과이고 뒤의 것은 여러 쟁점을 내포한 대내적 사업이지만, 둘의 공통점은 한국문학의 국제적 위상과 직간접적으로 연결되어 있다는 점에 있다. 하나씩 살펴보자.

한강과 관련한 개인적 정보나 수상의 조력자였던 번역자 데버러 스미스에 대한 기사는 그야말로 넘치고 넘쳤다. 수상작에 대한 수준 높은 리뷰도 제법 많이 등장했다. 잘 알려졌듯이, 이 작품은 채식주의자가 된 한 여성이 스스로 나무가 되어간다고 생각하면서 겪어가는 내면의 흐름을 담고 있다. 상처받은 영혼에 대한 위안과 공감의 친화력이 강렬한데다 한강 특유의 점착력 있는 문장이 얹혀 소설을 끝까지 손에서 못 놓게 하는 힘이 있다.

물론 나는 한강의 대표작으로 이미 『희랍어 시간』과 『소년이 온다』라는 두 장편소설을 주목한 바 있다. 앞의 것이 언어를 잃어가는 여자와 시력을 잃어가는 남자 사이에 벌어지는 존재론적 드라마를 통해 인간 존재의 보편적 차원을 호소했다면, 뒤의 것은 광주민주화운동 기간의 상황과 그에 대한 기억을 한편으로는 사실적 서사로, 한편으로는 숨죽이며 살아남은 자의 내면적 목소리로 어루만졌다고 할 수 있다.

하지만 이번 수상작은 번역자의 선택에 의해 『채식주의자』로 향했다. 그것은 원작자인 한강 개인의 역량 못지않게 '영어 번역'이라는 과정과 결과가 중요했다는 점을 말해준다. 원래 맨부커상 인터내셔널 부문은 비영어권 작품이 영국에서 영어로 번역 출간된 것에 대해 시상하되 번역자와 작가에게 같은 액수의 상금을 수여하고 동급의 예우를 한다는 점에서, 이러한 시상 시스템은 '보편언어로서의 영어'를 캐치프레이즈로 삼는 그레이트브리튼의 제국적 욕망과 무관하지는 않을 것이다.

그리고 이번에도 '최초'를 유난히 호출하고 상찬하는 우리나라 특유의 호들갑은 여전히 문제적이었다. 이 '최초'의 사건 이

전에도 한국문학은 쓰이고 읽혔을 테고, 수상 후 갑자기 한국문학의 수준이 높아진 것도 아닐 텐데 말이다. 어쨌든 이제 우리는 세계 언어로서의 영어의 힘을 실감했으니, 천천히 '번역'이라는 과정에 대한 연구와 토론을 겸허하게 시작해야 한다. 이때 우리는 데버러가 직역이 아닌 의역을 빈번하게 택했고, 심지어는 오역이나 창의적 번역도 많았다는 일부 주장에 대해 생각해볼 수 있다. 그리고 한국어 원문에 충실한 번역보다는 영어 사용자가 수용했을 때 친숙하게 다가오는 '창작적 번역'이 훨씬 위력을 발휘한다는 번역관觀과 마주치게도 된다. 말하자면 이는 '문학으로서의 번역'을 생각해보아야 하고, 정확한 번역보다는 아름다운 번역을 따져보아야 한다는 것이기도 할 것이다.

기왕 한강 이야기가 나왔으니, 한 가지만 더 말해보자. 한강은 원래 시를 썼다. 학창 시절 그녀는 소설가 한승원 선생의 딸로도 유명했지만, 언제나 잔잔하고 아름다운 필체로 원고지를 채워가던 '예비 시인'이었다. 그러던 중 1993년 계간 〈문학과사회〉에 시가 당선됐고, 소설로는 이듬해 서울신문 신춘문예에 단편 「붉은 닻」이 당선됐다. 그러니 습작 시절로 보나 등단 순서로 보나 '시인 한강'이 '소설가 한강'보다 먼저다. 등단 20년 만에 펴낸 시집 『서랍에 저녁을 넣어두었다』(문학과지성사, 2013)는, 비록 한강이 작가적 자의식을 소설 쪽에 내주었는지는 몰라도, '시인 한강'이 그 저류에 여전히 존재함을 알려주었다. 특별히

"푸르스름한/어둠 속에 웅크리고 있었다/밤을 기다리고 있다고 생각했는데/찾아온 것은 아침이었다//한 백 년쯤/시간이 흐른 것 같은데/내 몸이/커다란 항아리같이 깊어졌는데//(중략)//일어서면 다시 백 년쯤/별 속을 걸어야 한다/거기 저녁 잎사귀//다른 빛으로 몸 뒤집는다 캄캄히/잠긴다"(「저녁 잎사귀」)라는 대목에서는 소설 『채식주의자』의 형상이 연상되기도 한다. 한강에게는 이러한 '웅크림'과 '깊어짐' 그리고 '캄캄히 잠김'이 있다. 그 침전沈澱의 힘으로 한강은 문학적 꿈을 꾸었고, 드디어 '아침'과 '별 속'의 '다른 빛'으로 걸어갔다. 그러니 이번 수상을 두고 누가 '한강의 기적'이라고 비유한 것은 틀렸다. 자연스럽게 찾아온 한강 문학의 개화라고 해야 맞을 것이다.

다음으로 문학관 이야기를 해보자. 얼마 전 국립한국문학관 설립을 위한 '문학진흥법' 제정안이 국회 본회의를 통과하였다. 그러다가 4·13총선 일정에 따라 유보되었던 논의가 다시 활발해졌다. 더불어민주당 도종환 의원이 대표 발의한 이 법안은 문학진흥 관련 사업을 지원하고 문학 창작과 향유를 증진함으로써 문학 발전에 이바지하는 것을 목적으로 제정되었다. 기본 계획은 5년 단위로 기획되었는데, 일회적으로 끝나는 것이 아니라 첫 분기 5년, 그다음에 또 5년, 이렇게 하여 한 20~30년을 내다보고 계획을 세운 법안이다.

이 법안에 의해 진척되어갈 일들을 단순한 행정 차원의 사업에 머무르게 하지 않기 위해서라도 나는 문인들이 직접 관심을 가지고 담론을 만들 필요가 있다고 생각한다. 토론회나 지면 등을 통해서 말이다. 행정 및 재정 지원, 제도적 지원 같은 부분은 국회나 정부에 맡기되, 그런 지원을 끌어낼 수 있도록 문단 내부에서 참신하고 역동적인 의견의 장을 펼쳐갔으면 좋겠다.

그 가운데 우리의 관심은 일본 도쿄나 중국 베이징, 대만 타이난에 이미 오래전부터 운영해온 국립문학관으로 향해 있다. 이러한 동아시아 주요 국가들이 이미 선례를 남기고 있으니, 우리도 국립문학관을 통해 문학적 자산을 수집하고 전시하고 활용하여 후세를 위한 교육 시설로 활용할 수 있도록 하자는 것이 이 법안의 핵심 내용이니까 말이다. 이는 한국문학을 관광자원화할 수 있는 법적 근거를 만듦으로써 국제적 위상을 높이고자 하는 것이기도 하다. 그리고 문학관 운영 주체를 국가로 정함으로써 문학을 일종의 공공재 개념으로 해석하고 활용하자는 계획을 담고 있기도 하다. 최근 여러 지자체가 부지 선정 공모에 나섬으로써 건립의 첫 단추를 풀어나가는 순서를 밟고 있다. 곧 결과가 발표되면 바로 설계 용역이 하나둘씩 배정되면서 확실하게 그 외관과 콘텐츠를 구체화해갈 것이다.

문학은 한 공동체에서 살아가는 인간을 궁극적인 대상으로 다룸으로써 이를 접하고 누리는 이들로 하여금 사회적 존재로 성장하게끔 하는 문화예술의 한 영역이다. 그 점에서 아무리 영상매체가 주도적인 예술로 자리잡아간다고 해도, 문학을 통해 경험과 생각을 계발해가는 과정은 전혀 손상되지 않을 것이다. 그만큼 문학은 인간이 깊이 생각하고 사물을 인식하는 데 더없이 필요하며, 언어를 통해 감동과 사상을 키우는 데 변함없는 중심 역할을 할 것이다. 특별히 국가가 문학 창작과 번역과 연구와 향유의 저변 확대 및 내실화를 위해 나서준다면, 개인 차원의 일로만 여겨졌던 문학의 순환 회로가 더욱 탄탄하고 견고한 공공적 구조를 가지게 될 것이다. 이 점, 기대가 크다.

어쨌든 한강의 수상과 그에 따른 한국 소설에 대한 많은 관심, 그리고 국립한국문학관 건립을 둘러싼 각계의 뜨거운 호응 등은 모두 한국문학의 국제적 위상을 높이는 중요한 전기가 되어줄 것이다. 두루 한국문학의 융성을 위한 인프라가 갖추어지는 좋은 징후라 생각하면서, 열심히 한국문학을 응원하고자 한다.

'길들인다는 것'의 의미

사람마다 자신이 경험한 것들 중 오랜 기억 속에 각별하게 남아 있는 원형 같은 것이 있는 법이다. 더구나 그것이 문학 작품이라면, 그것도 그 작품 안에 담긴 어떤 강렬한 문장이나 이야기라면, 그것은 살아가는 과정에서 언제나 새록새록 새로운 의미의 파문을 그리며 번져가게 될 것이다. 내게 그러한 파문은 『어린 왕자』의 저 유명한 삽화들과 함께 다가온다. 비행기 조종사로서 하늘을 날다가 생을 마감한 프랑스 문학의 거장 생텍쥐페리(1900-1944)의 이 소설(요즘 유행하는 말로 하면 '어른을 위한 동화'쯤 될까?)은 내게 강렬한 기억의 수원水源으로 지금껏 남아 있다.

두루 알려져 있듯이, 『어린 왕자』는 세 가지의 서사가 어린 왕자를 중심으로 엮여 있다. 하나는 소혹성 B612호에서 겪는 어린 왕자의 동화 같은 삶이고, 다른 하나는 그 별을 떠나서 지구에 다다르기까지의 여행 서사이며, 마지막 하나는 세계를 일주하다가 비행기가 고장나서 사막 한가운데에 불시착한 '나'와의 만남과 대화 속에서 이루어지는 어린 왕자의 깨달음 과정이다. 물론 이 작품은 이러한 흐름 외에도 그때그때 눈부시게 발화되는 잠언箴言들로 빛을 발한다. 어쩌면 이 작품은 삽화와 잠언이라는 두 기둥으로 세워져 있는지도 모른다. 그 가운데 몇몇 구절은 정말 유명하여, 소설의 줄거리를 한순간 아득하게 잊게끔 하는 압도적 각인 효과를 가지고 있지 않은가.

작품의 얼개는 사막 한가운데서 비행기를 고치던 비행사에게 들려준 어린 왕자의 이야기로 짜여 있다. 어린 왕자는 자신의 별에서 장미 한 송이와 살았다. 물을 주고 바람을 막아주고 벌레를 잡아주면서도 어린 왕자는 때로 장미와 갈등을 일으키기도 한다. 어린 왕자는 장미의 오만함을 고쳐주려고 철새들의 이동을 따라 여행을 시작하는데, 별들을 거치는 동안 왕, 허영꾼, 술꾼, 장사꾼, 점등인, 지리학자 등을 만난 어린 왕자는 비로소 지구에 도착하여 슬기로운 여우 한 마리를 만난다. 그리고 여우가 들려준 '길들임'이라는 이디엄을 통해 자신이 길들여온 장미가 얼마나 소중한 존재인가를 깨닫는다. 이 과정에서 여우가 들려준 말 가운데 우리는 "잘 보려면 마음으로 보아야 해. 가장 중요한 것은 눈에는 보이지 않거든"이라든지 "네 장미가 네게 그렇게 소중한 것은 그 장미를 위해 공들인 시간 때문이야" 같은 표현을 오래도록 기억하고 있다. '마음'과 '시간'이라는, 삶에서 가장 중요한 두 가지를 여우가 들려줄 무렵, 우리는 성취 지향의 삶이 관계 지향의 삶으로 바뀌는 소리를 문득 듣는다. 나아가 "네가 길들인 것에 대해서는 책임을 져야 해. 넌 네 장미에 대해 책임이 있는 거야"라는 말에 이르러서는 관계론의 핵심으로서의 '사랑=책임'이라는 명제에 가닿게 된다.

말할 것도 없이, 이 모든 것은 '길들인다는 것'의 의미 안에서 일어나는 상상적 사건들이다. 『어린 왕자』는 이처럼 '길들인다는 것'의 애틋함과 순수함으로 여러 사람의 기억에 남아 있다. 그것은 문예비평가 루카치가 『소설의 이론』 첫머리에서 갈파한, "별이 빛나는 창공을 보고 갈 수가 있고, 또 가야만 하는 길의 지도를 읽을 수 있던 시대는 얼마나 행복했던가?"라고 말한, 신神을 잃어버린 시대에 대한 알레고리를 떠올리기에 족한 근원적인 형식과 내용을 담고 있다. 그래서인지 『어린 왕자』는 그 제목이나 내용이 패러디되거나 다른 작품 속에 인유引喩되는 일도 적지 않다. 가령 '너'와 '나'는 길들임을 통해 서로에게 세상에서 단 하나뿐인 존재가 되는 것이라는 사실을 알게 되거나, 황금빛 머리카락을 가진 어린 왕자 때문에 황금빛 물결이 치는 밀밭을 볼 때마다 생각이 나고 밀밭 사이로 부는 바람소리마저 사랑하게 된다고 할 때, 우리는 얼마나 지극한 길들임을 통해 사랑이 전해지는 것인가를 깨닫게 되지 않는가.

따라서 이 작품은 가장 원형적인 성장소설의 형태를 띤다고도 할 수 있다. 이때 '성장소설'은 주인공의 내면적 성장 과정을 인과적으로 짜놓은 소설을 가리키는데, 혹자는 '이니시에이션 소설'이라는 범주를 설정하여 성인이 되어가면서 겪는 시련을 통해 사회에 발을 들여놓는 과정을 담은 소설로 설명하기도 한다. 아무튼 우리는 성장소설 속에서 주인공이 치러내는 갈등과 모험 그리고 사회에 던지는 질문 등을 통해 새로운 경험을 하게 된다. 그 경험은, 다른 사람의 삶과 상상력에 간접적으로 참여하고, 미답未踏의 세계를 새로이 알아가고, 인간 정신의 새로운 가능성을 유추함으로써 자신의 삶을 좀더 나은 것이 되게 하는 방향으로 나아가게끔 해준다. 괴테의 『빌헬름 마이스터의 수업시대』가 아름다운 영혼의 순수함, 독립성, 조화로운 감정을 구체화한 전형적인 성장소설이라면, 『어린 왕자』는 미성숙의 상태였던 주인공이 사랑의 의미를 깨달아가면서 성숙의 상태로 나아가는 서사를 전형적으로 거느린 성장소설이라 할 것이다.

생텍쥐페리는 우리에게 두 가지 상징적인 얼굴을 남겨주었다. 전투비행사로 활약하다가 1944년 7월 지중해에서 실종되어 사라져버린 얼굴과, 생전에 잠시도 글쓰기를 멈추지 않았던 작가로서의 얼굴이 그것이다. 그 점에서 비행기는 그의 날개였을 터이고, 그가 남긴 작품들은 그가 세상의 동료들에게 전하려 했던 궁극적 메시지였을 것이다. 이제 우리는, 그가 만들어 낸 금발의 '어린 왕자'로 인해, 그를 태양과 바람을 향해 다가서기를 마다하지 않은 신비로운 모험가로, 별과 사막을 사랑하고 노래한 고독한 몽상가로 기억하게 될 것이다.

비록 사람마다 다르게 읽는다는 것이 수용미학의 금과옥조이지만, 우리는 이 작품에서만은 그러한 다양한 해석 가능성보다는, 여우가 들려준 "사막이 아름다운 건 어디엔가 우물이 숨어 있기 때문이야. 눈으로는 그걸 찾을 수 없어. 오직 마음으로 찾아야 해"라는 구심적 감염을 항구적으로 잊지 못할 것이다. 오늘도 우리는 누군가를 길들이고 누군가에게 길드는 시간을 살고 있지 않은가. 속절없는 분주함으로 이 소중함이 지워지지 않기를 소망해보는 마음속에 '눈에 보이지 않는 것'을 담아가면서 말이다.

사랑의 불가능성과 불가피성 사이에서
—김소월의 「산유화」

우리 근대문학사에서 김소월(1902-1934)이 차지하는 시적 권역은 자못 크고도 깊다. 소월은 한용운과 함께 1920년대를 대표하는 서정시인으로 손꼽힐 뿐만 아니라, 당대 문학사의 주류였던 서구 낭만주의의 영향권에서 벗어나 우리 고유의 정서와 목소리를 바탕으로 근대 자유시의 한 전범을 이룬 탁월한 시인이다. 흔히 그를 '국민시인'이라는 이름으로 칭하려는 사람들의 욕망 또한 이러한 그의 위상을 잘 반영하고 있다고 할 수 있을 것이다. 소월은 10년 남짓의 창작 기간에 모두 270여 편의 시를 남겼는데, 아마도 이는 그 시대 시인 가운데 가장 많은 분량일 것이다. 그가 스물네 살 때에 펴낸 시집 『진달래꽃』(1925)은 이러한 소월 시의 전체상을 보여주는 일종의 집성集成을 보여주었고, 이후로 그는 그 세계를 넘어서는 진경進境을 보여주지는 못했다. 『진달래꽃』에 실린 시편 가운데는 '민요조 서정시' 양식을 기반으로 하면서도 우리 시사의 초기 수준을 훤칠하게 보여주는 가편佳篇들이 많이 실렸는데, 결과적으로 이 계열 작품들이 소월의 대표작이 된 셈이다.

소월 시의 구조적 특성은 반복과 평형을 바탕으로 하는 음악성에 있다. 주지하듯, 그의 시는 민요조 운율과 일상 언어와 평북 방언의 결합으로 이루어져 있다. 거기에다가 부재하는 타자에 대한 그리움과 상실의 모티프는 여성 화법을 수용한 그의 시적 전략과 맞물려 효율적인 성취를 이루었는데, 그것은 과거 지향의 시간 구조를 불러오면서 그로 하여금 '정한情恨'의 시인이 되게끔 해주기도 하였다. 물론 그의 시에 주류로 나타나고 있는 이러한 청각적 유창함은 그대로 우리 민요의 것이기도 할 터이다. 따라서 우리는 이러한 속성을 두루 지니고 있는 소월 시의 특성이 쉽고 대중적인 소통 가능성을 지닌 기층 언어로 이루어져 있다는 데 있음을 알게 된다. 그것은 일상 언어의 자연스러움과 함축미를 한껏 시적으로 계발한 결과로서 얻어진 것일 터이다. 그만큼 소월의 민요조 서정시는 까다로운 유추를 필요로 하는 난해성과는 거리가 먼 대중적 친화력을 가진 세계였다. 하지만 해석을 달리하여 읽을 부분은 정말 없을까? 다음 작품을 한번 읽어보자.

山에는 꽃 피네
꽃이 피네
갈 봄 여름 없이
꽃이 피네

山에
山에
피는 꽃은
저만치 혼자서 피어 있네

山에서 우는 적은 새요
꽃이 좋아
山에서
사노라네

山에는 꽃 지네
꽃이 지네
갈 봄 여름 없이
꽃이 지네

—「산유화山有花」 전문

1923년에 창작되어 나중에 시집 『진달래꽃』에 실린 이 작품은, 자연의 순환적 질서를 통해 삶의 근원적 고독을 밀도 있게 노래한 절편絶篇이라는 평가를 받아왔다. 이 작품의 1연과 4연은 각각 개화開花와 낙화落花의 순환 과정이 '산山'을 구성하는 엄연하고도 투명한 질서임을 암시한다. '봄 여름 가을'이 아닌 "갈 봄 여름"이라는 축약과 도치의 표현은, 그러한 자연 질서의 순환성의 강화에 크게 기여하는 소월 시만의 솜씨가 아닐 수 없다. 그리고 소설가 김동리가 "청산青山과의 거리"라고 명명했던 "저만치"라는 단어는 주체와 대상 사이의 좁힐 수 없는 존재론적 간극을 암시하는 절구絶句로 평가받고 있다. 하지만 여기서 이런 생각을 한번 해보자. 그 '저만치'의 거리는 도대체 누구와 누구 사이의 거리인가?

그동안 많은 연구자들은 그것이 주체(시인, 화자)와 '꽃' 사이의 거리라고 생각하였다. 그리고 3연에 등장하는 '새'는 화자와는 전혀 관계없는 또다른 자연의 일부로서 그저 '꽃'이 좋아 산을 떠나지 않는 존재자로 여겨졌다. 이렇게 '꽃'과 함께 살고 있는 '새'에 비하면, 화자는 '꽃'에 가고 싶어도 갈 수 없는 존재로 보였던 것이다. 이러한 해석의 결과는 '산—꽃↔나'라는 도식을 만들어냈다. '꽃'과 '새'가 한편이고, '나'는 소외되어 있는 것이다. 그러나 3연을 꼼꼼히 읽어보면 이러한 해석이 오류라는 것이 금세 확인된다. 그것은 "山에서 우는 적은 새요"의 "요"가 호격 조사가 아니라 서술격 조사라는 것, 그리고 "사노라네"라는 말이 일인칭이 주어일 경우에만 쓰인다는 것을 감안할 때, 그 "사노라네"의 주어는 곧 화자 자신이 되는 것이 자연스럽기 때문이다. 이때 화자는 곧 '새'임이 밝혀진다.

그러니까 '새'는 '꽃'과 더불어 노니는데 화자는 '꽃'에 다가갈 수 없는 것이 아니라, 화자인 '새'가 '꽃'이 좋아 '산'에서 사는데도 '꽃'과 도저히 좁힐 수 없는 '저만치'의 거리를 가질 수밖에 없다는 것이고, 그럼에도 불구하고 '새'는 '꽃'이 좋아 산에서 살 수밖에 없는 실존적 조건을 가지고 있음을 이 작품은 함축하고 있는 것이다. 곧 '좋아해서 곁에 살지만 다가갈 수는 없는' 거리야말로 이 시편이 암시하는 원초적 고독의 상황인 것이다. 이처럼 「산유화」는 주체와 대상 사이의 거리 때문에 빚어지는 고독과, 그럼에도 항구적으로 지속될 수밖에 없는 대상에 대한 열망을 공존시키면서 사랑의 불가능성과 불가피성을 저류에 깔아놓은 작품인 셈이다. 얼마나 절절하고 또 아름다운가. 우리의 사랑도 그러할 터이니.

아름다운 모어의 황홀감
—김영랑의 시

'여행'이란 미지의 길로 자신을 내몲으로써 일상에 길든 자신을 성찰하는 행위이다. 그중에서 도시 한복판을 떠나 전혀 다른 방식으로 자연과 문화를 만나보는 여행은 우리에게 무엇이 결핍되어 있고 과잉되어 있는지를 알게 해주는 종요로운 실천 가운데 하나일 것이다. 그리고 그것은 현대인의 세속 욕망이 닿지 않은 순수 원형을 만나는 제의적 과정이기도 할 것이다. 이 원형은 한결같이 사라져가고 있지만, 그 사라짐의 눈부심으로 하여 역설적으로 빛나는 기억의 보고寶庫들일 터이다. 오늘은 그 여행을 전남 강진 땅으로 떠나본다.

강진은 해남 쪽 제안고개와 장흥 쪽 바람재, 그리고 영암 쪽 땅재, 누릿재, 불티재가 감싸안은 지형을 이루고 있다. 남쪽으로는 기름진 평야를 안은 그야말로 남도의 교통 중심지다. 누릿재를 넘으면 유홍준 교수가 명명한 '남도답사 일번지' 강진이 한눈에 들어온다. 도자기 문화가 발달하여 고려시대 청자의 대표 산지였고, 조선후기 실학자 정약용의 초당이 모셔져 있는 곳이다. 하지만 근대 인물 가운데 가장 유명한 이는 시인 김영랑이다. 그는 서정시의 거장이요, 호남 방언을 시적 경지로까지 올려놓은 강진 브랜드의 완성자이기도 하다.

영랑이 나고 자란 생가는 본채와 사랑채와 문간채 등 세 동이 남아 있다. 본채는 정면 다섯 칸, 측면 한 칸인 초가집이지만 뼈대가 굵은 네모기둥을 사용한 매우 큰 집이다. 사랑채는 안채 앞에 자리잡는 것이 일반적인데, 영랑생가는 옆으로 길게 위치한 것이 특징이다. 사랑채는 정면 세 칸, 측면 두 칸의 건물로 오히려 본채보다도 원형이 잘 보존되어 있다. 특이한 것은 전면과 양측 두 칸에 'ㄷ'자형으로 마루를 깔았고 우측 한 칸에는 마루 앞에 나지막한 난간을 설치하였고 안상형眼象形 궁창을 뚫었다는 점이다. 이 생가는 1906년에 지어져 1948년 영랑이 서울로 거처를 옮긴 후 몇 번 전매되었지만, 강진군이 매입한 뒤 1986년 2월에 전라남도 지방문화재로 지정되었고, 2007년 10월 국가지정문화재로 승격되었다. 이 집은 건축적 의미를 크게 지녔다기보다는 영랑의 숨결을 느낄 수 있는 공간으로서의 의미가 더 깊은데, 영랑 시의 소재가 되었던 샘, 동백, 장독대, 감나무 등이 남아 있고 모란이 많이 심겨 있다. 생가

정문 앞에는 다음의 시가 새겨진 돌이 늠름하게 서 있다.

모란이 피기까지는
나는 아직 나의 봄을 기둘리고 있을 테요
모란이 뚝뚝 떨어져 버린 날
나는 비로소 봄을 여읜 설움에 잠길 테요
오월 어느 날 그 하루 무덥던 날
떨어져 누운 꽃잎마저 시들어 버리고는
천지에 모란은 자취도 없어지고
뻗쳐오르던 내 보람 서운케 무너졌느니
모란이 지고 말면 그뿐 내 한 해는 다 가고 말아
삼백 예순 날 하냥 섭섭해 우옵내다
모란이 피기까지는
나는 아직 기둘리고 있을 테요 찬란한 슬픔의 봄을

—「모란이 피기까지는」 전문

영랑 시 전체를 대표하는 작품이다. 아름다운 모란의 이미지는 그 자체로 순간적인 심미적 황홀과 상실로 인한 슬픔의 뛰어난 상징이 되어준다. 여기서 모란은 실제로 시인이 집 뜰에 정성껏 가꾸었던 그 모란꽃이면서, 지상에 존재하는 아름다움의 순간성을 뜻하는 상징이기도 하다. 이 순간적 아름다움만이 삶의 유일한 의미이며 보람일 뿐이라는 의식을 통해, 영랑은 아름다움이 소멸해가는 황홀 속에서 찬란한 슬픔을 받아들인다. 이 작품에 전설의 무희舞姬 최승희와의 연애담이 얽혀 있다는 사실을 아는 이는 많지 않다. 최승희가 숙명여고보 졸업반 때 일본 아오야마青山학원에 다니던 영랑은 관동대지진으로 귀국하였다. 학업도 중단하고 고향에 머물면서 서울을 왕래하였는데, 그때 최승희의 오빠 최승일을 알게 되었고, 그를 통해 최승희와 인사를 나누게 되어 연정을 가지는 사이로 발전하였다. 하지만 부친의 반대로 결혼에 이르지는 못했다. 「모란이 피기까지는」은 이때의 추억을 '모란'에 빗대어 썼다는 것인데, 모란이 필 때까지 기다리며 하냥 섭섭해 우는 영랑의 모습이 눈에 선하다. 그런 그가 모어의 극치로 노래한 시편이 역시 생가 앞마당에 새겨져 있다.

'오—매 단풍 들것네'
장광에 골불은 감닙 날러오아
누이는 놀란 듯이 치어다보며
'오—매 단풍 들것네'

추석이 내일모레 기둘리니
바람이 자지어서 걱정이리

누이의 마음아 나를 보아라

'오—매 단풍 들것네'

—「누이의 마음아 나를 보아라」 전문

전라도 말씨의 효과적 구사로 자주 거론되어온 작품이다. 추석 준비를 앞둔 시골에서는 풍요의 기쁨보다 생활 걱정이 앞서게 마련이다. 그러나 그런 생활 걱정도 까맣게 잊어버리는 순간의 도취야말로 이 시편이 추구하는 맑은 감성의 세계이다. 그래서 그런 아름다움에 빠진 누이의 모습, 더 정확히는 아름다운 '누이의 마음'이, '나'에게로 천천히 전이되어온다. 이 밖에도 생가 마당에 새겨진 「내 마음 고요히 고흔 봄길 우에」, 「동백닙에 빛나는 마음」을 지나 생가를 나오면 왼쪽에 '시문학파문학관'이 웅장하게 서 있다. 거기에는 김영랑, 박용철, 정지용, 이하윤, 정인보, 변영로, 김현구, 신석정, 허보 등 아홉 시인의 육필과 유품이 전시되어 있다. 영랑을 당대 최고의 서정시인으로 만들어준 동인지 〈시문학〉에 참여했던 시인들의 세계를 통해 영랑 시의 원천을 들여다볼 수 있을 것이다.

결국 영랑의 시는 순수서정의 한 극치로서 우리 시사에 큰 의의를 남겼다. 그는 사라져가는 것들의 아름다움을 가장 탁월하게 붙잡아 노래하였고, 호남 지방의 서정적 자연 묘사를 성공적으로 수행하였고, 소월의 뒤를 이어 시에서 방언 도입과 언어 조탁에 가능성을 부여한 최량의 시인이다. 그리고 무엇보다 엄혹한 시절에 순수서정의 미학을 극점까지 추구해감으로써 모어의 예술사로서의 위상을 뚜렷이 하였다. 강진에서 만나볼 수 있는 모어의 황홀이 아닐 수 없을 것이다.

영원히 손에 닿지 않을, 아름답고 슬픈 비상의 꿈

—리처드 바크의 『갈매기의 꿈』

'고전'이란 오랜 시간의 풍화를 견디면서 지금의 우리에게도 새록새록 새로운 충격과 감동을 주는 저작들을 통칭하는 개념이다. 우리가 오래전에 의미 깊게 읽은 문학 작품이나 역사책, 철학적 통찰을 담은 명작들 가운데 상당수는 지금도 이러한 인문학적 고전으로 살아남아서 우리에게 '오래된 새로움'을 선사하는 역할을 하고 있다. 아직도 우리 기억에 선명한 리처드 바크(1936-)의 소설 『갈매기의 꿈』도 그 가운데 하나일 것이다. 1970년에 미국에서 출간된 이 책은, 러셀 맨슨이 찍은 실제 갈매기 사진들을 책 곳곳에 배치하여 당시로서는 퍽 이채로운 형식을 취했다고 할 수 있다. 비행사 출신의 이 무명작가는 이 작품으로 일약 세계적 명성을 얻었고, 이 작품은 생텍쥐페리의 『어린 왕자』와 함께 '(어른이 읽는) 동화'로서의 위상을 확실히 구축하게 된다. 그만큼 이 작품은 동화로서의 성격과 성장소설로서의 성격을 동시에 가지고 있다 할 것이다.

주인공은 '조나단 리빙스턴 시걸'이라는 이름을 가진 갈매기다. 그는 자유로운 모험과 성실한 노력을 거듭하는 우뚝한 갈매기다. 다른 갈매기들이 먹이를 구하기 위해서만 날아다니는 데 비해, 조나단은 '나는 것 자체'에 관심을 둔다.

> 대부분의 갈매기들은 비상飛翔의 가장 단순한 사실 이상의 것을 배우려고 애쓰지 않았다. 즉 먹이를 찾아서 해변을 떠나고 돌아오는 것 이상은 배우려고 하지 않았다. 대부분의 갈매기들에게는, 문제는 나는 것이 아니라, 먹는 것이다. 그렇지만 이 갈매기에게는 먹는 게 문제가 아니라, 나는 게 문제였다. 그 무엇보다도, 조나단 리빙스턴 시걸은 나는 것을 사랑했다.

그의 열망은 어떻게 하면 더 빨리, 더 멀리, 더 높이 날 수 있는가 하는 것이며, 그러한 열망은 그로 하여금 각종 비행술을 완벽하게 익히게끔 해준다. 그만큼 조나단은 '먹는 것'보다 '나는 것' 자체를 중요하게 생각하며, 나아가 '나는 것'이 가지는 의미를 깨닫고 다시 그것을 넘어서기 위해 끝없는 모험과 도전에 나선다. 가령 죽음의 위험에도 불구하고 그는 높은 상공에서 한계 속도를 넘어 수직 하강을 한다. 그때 그는 그 아찔한 속도에서 가장 순수한 힘과 기쁨과 아름다움을 느끼는데, 이러한 행위를 동료 갈매기들이 비난하자 그는 자유를 통해 얻는 벅찬 감동을 생각하면서 그들에게서 스스로 떨어져나오게 된다.

어느 날 조나단은 두 마리 갈매기에게 이끌려 간다. 거기서 그는 자기완성의 무한한 가능성을 깨닫는데, '치앙'이라는 늙은 갈매기를 만나 사랑과 노력의 중요성을 깨닫는다. 이때 이 늙은 갈매기는 삶의 영매靈媒이자 인도자로서의 역할을 담당한다. 그는 최고의 비행술을 익힌 조나단에게 "좀더 다른 이를 사랑하는 법을 배워야 한다"라는 말을 남기고 사라진다. 그리고 비행술 교사였던 설리번은 갈매기떼가 귀를 열고 조나단의 가르침을 들을 리 없다면서 가지 말라고 말린다. 하지만 조나단은 자신이 배운 사랑을 행하기 위해 그 옛날 갈매기떼에게로 돌아온다. 그들을 향해 조나단은 "갈매기에게는 나는 것이 가장 중요한 일이며, 자유는 갈매기의 본성 그 자체다"라고 말한다.

드디어 조나단은 '플레처'라는 갈매기를 만나 그에게 이해와 용서를 가르치면서 자신이 익혀온 비행술을 하나둘씩 건네준다. 그러고는 "눈에 보이는 것은 모두 가짜다. 네 마음의 눈으로 보아라. 그리고 그 눈을 통해 이미 자기가 알고 있는 진실을 찾는 것이다. 그러면 어떻게 날아야 할지 발견할 수 있을 것이다"라는 말을 남기고 그 역시 사라진다.

> 한계가 없다고 했지, 조나단? 그는 생각했다. 그래, 그렇다면, 내가 희박한 공기로부터 '당신의' 해변에 나타나서 당신에게 비행에 관한 한두 가지의 일을 보여줄 시간도 멀지 않았다!
>
> 그리고 그는 그의 생도들을 철저히 엄격하게 보려고 했음에도, 플레처 시걸은 한순간 문득, 그들 모두를 정말 있는 그대로 보았고, 그리고 당초에 그러려고 했던 것보다 더 자기가 본 바 그대로를 사랑했다. 한계가 없다고 했죠, 조나단? 그는 생각했고, 그리고 미소 지었다. 배우기 위한 그의 경주는 시작되었던 것이다.

이렇게 소설은 끝이 난다. 결국 작가는 조나단을 통해 인간의 무한한 힘과 정신의 가능성을 보여주면서, 그러한 깨달음으로 자신의 한계를 극복해가는 아름다운 인간상을 창조해낸 것이다. 이러한 서사를 통해 우리는 이 작품이 왜 고전에 버금가는지를 금방 알게 된다. 왜냐하면 이 작품은 우리로 하여금 우리가 세상에 그냥 왔다 가는 것이 아니라, '왜 사는가?'를 거듭 질문하면서 어떻게 사는 것이 보람 있는 삶인가를 깨닫게끔 하는 신비로운 소설이기 때문이다. 그만큼 작가는 '배부른 편안함'보다는 '가파른 자유로움'이 훨씬 더 가치 있다는 것, 그리고 자유를 희생한 안정이란 그 자체로 인간이 취할 길이 아니라는 것을 적극적으로 암시한다. 아닌 게 아니라 우리에게는 모든 고난과 역경에도 불구하고 우리가 원하는 곳에 갈 자유가 있고, 또 자신이 머물고 싶은 곳에 머물 자유가 있지 않은가?

내게는 정현종 시인이 번역한 『갈매기의 꿈』(문예출판사, 1976)이 있다. 어린 시절, 나는 흑백사진 속에서 수많은 갈매기들이 날고 있는 이 책을 크게 동경했을 것이다. 그리고 단숨에 조나단이라는 캐릭터에 빠졌을 것이다. 그러나 어떻게 생각하면 나는 조나단과 역주행하면서 수면 아래로 가라앉고 싶었을지도 모른다. 그럼에도 그의 비상 의지는 수면 아래에서의 잔잔한 동력으로 은은하게 자리했을 것이다. 정현종 시인은 해설에서 "『갈매기의 꿈』을 통해서 리처드 바크가 꿈꾸는 세계는 우리가 살고 있는 세계 안에서만 아름다울 수 있는 것이지만, 그러나 그 아름다운 세계가 소수의 개인들을 제외하면, 영원히 우리의 손이 닿지 않는 데에 있는 것 같다는 느낌이 또한 우리를 슬프게 한다"라고 적었다. 그렇게 영원히 손에 닿지 않을, 하지만 아름답고 슬픈 비상의 꿈이 우리의 삶을 역설적으로 지탱하고 있음을 이 고전은 지금도 새록새록 알려주고 있다.

치명적 도약의 순간들

—헤르만 헤세의 시와 소설

올해는 헤르만 헤세(1877-1962)가 『데미안』(1919)을 출간한 지 100주년 되는 해이다. 특정 작품의 100주년 행사로는 우리 학계에서도 이광수의 『무정』(1917)을 두고 치른 바 있지만, 먼 이역의 소설을 특별하게 기억하는 일은 한편으로 드물고 한편으로 아름답다. 지금 우리 청년들에게 헤세의 '그 무엇'이 긴요하게 다가오는 어떤 이유가 그의 소설을 특별히 기억하게 했을지도 모른다. 아닌 게 아니라 헤세는 오래도록 청년들의 친구가 아니었던가. 그런데 나에게 그는 원래 시인이었다. 헤세 스스로도 스물셋에 펴낸 첫 시집 『낭만적 노래들Romantische Lieder』을 통해 시인으로서 문학적 출발을 하였다. 그리고 지금 나의 오랜 기억 속에는 헤세의 시를 원작으로 한 우리 노래 한 소절이 떠오르기도 한다.

장난감을 받고서 그것을 바라보고
얼싸안고 기어이 부숴버리는
내일이면 벌써 그를 준 사람조차
잊어버리는 아이처럼
오오오오 오오오오오 오오오오
아름다운 나의 사람아

당신은 내가 드린
내 마음을 고운 장난감처럼
조그만 손으로 장난하고
내 마음이 고민에 잠겨 있는
돌보지 않는 나의 여인아 나의 사람아
오오오오
아름다운 나의 사람아

서유석이 부른 〈아름다운 사람〉이다. 서유석은 헤세의 "Die Schöne"를 번안하고 직접 곡을 붙여 1971년에 이 노래를 발표하였다. 그는 언젠가 이 〈아름다운 사람〉이 막 시집온 형수의 아름다움에서 발원한 형상이었다고 고백한 바 있는데, 어쨌든 아름다운 여인의 모습을 아련하게 담은 헤세의 시는 이렇게 먼 길을 돌아 우리에게 익숙한 노래로 다가왔던 것이다. 원시는 다음과 같다.

So wie ein Kind, dem man ein Spielzeug schenkt,
Das Ding beschaut und herzt und dann zerbricht
Und morgen schon des Gebers nimmer denkt,

So hältst du spielend in der kleinen Hand
Mein Herz, das ich dir gab, als hübschen Tand,
Und wie es zuckt und leidet, siehst du nicht.

그러나 헤세는 스물여덟에 쓴 장편 『페터 카멘친트Peter Camenzind』가 성공하면서 명실상부한 소설가로 우뚝 서게 된다. '향수' 혹은 '향토'라고 번역되곤 했던 이 작품은 문학적 소질을 갖춘 청년 페터가 도시의 한 대학으로 진학하였지만 결국 문명의 허상을 알아채고 자신이 나고 자란 곳으로 돌아온다는 회귀형 성장소설이다. 그 안에는 젊은 시절 헤세의 모습이 일견 소소하게, 일견 의젓하게 투영되어 있다. 그러다가 마흔셋 중년에 쓴 『데미안』은 한 청년이 자신을 감싸고 있던 틀을 깨고 전혀 새로운 세계로 성숙해가는 성장소설의 범례로 세계문학사에 남게 된다. 이 작품은 오래도록 젊은이들에게 세상을 향해 떠날 수 있는 새로운 힘을 주었다.

『데미안』에는 성장기 청년이 겪을 법한 실감나는 고민과 방황 그리고 사색과 성찰의 과정이 깔끔하고 아름다운 문체로 담겨 있다. 주인공 싱클레어는 극히 지성적인 부모 아래서 성장한 모범 청년이다. 그의 가정은 '선善'의 세계 그 자체였다. 하지만 그는 자라면서 자신을 둘러싼 '악'의 세계를 하나씩 새롭게 경험하고 그 과정에서 친구 데미안을 만난다. 싱클레어는 차츰 데미안의 시선과 언어를 통해 세상을 바라보는 방법을 배워간다. 그 점에서 데미안은 싱클레어의 친구이자 스승이었다. 싱클레어는 사회의 어두운 모습을 보게 되면서 심한 고통 속에서 지내는데, 이때 베아트리체라는 여인을 만나 자신이 내면적으로 성숙해가는 것을 느낀다. 우리는 그가 그리는 그녀의 초상화가 점점 데미안을 닮아가고 있다는 것에서 싱클레어와 데미안이 이미 한몸이었음을 알게 된다. 싱클레어는 막 날아오르려는 새를 그려서 데미안에게 보내고, 데미안은 더 나은 세계를 향해 날아가는 새, 그리고 신神 아프락사스에 관한 이야기를 담아 싱클레어에게 답신을 보낸다. 아프락사스가 빛과 어둠, 선과 악이 공존하는 세계임을 알게 된 싱클레어는, 자신의 내면이 부서지면서 새로운 세계가 움트는 것을 한껏 느낀다. 이 소설의 마지막, 그러니까 싱클레어가 자신의 내면으로 들어가 데미안과 꼭 같은 자기 자신의 모습을 바라보는 장면은, 이러한 고통어린 성장 과정에서 두 사람이 주고받았던 오랜 신뢰의 시간을 선명하게 보여준다.

헤세는 1946년 노벨문학상을 받았는데 시상 이유에는 "성장에 대한 대담한 묘사, 휴머니즘적 이상과 고도의 스타일을 통해 깊은 영감을 불러일으키는 글쓰기"라고 적혀 있었다. 그의 또다른 불멸의 소설 『아름다워라 청춘이여Schön ist die Jugend』는 이러한 성장 문법을 전형적으로 성취한 작품이다. 헤세는 사랑을 경험해가는 한 청년의 정서적 흐름을 섬세하게 묘사하여 청춘의 사랑을 가장 값진 삶의 장면이자 순간으로 편입시켰다. 고향에 돌아온 청년 '나'는 예전에 사랑했던 헬레네를 다시 만나지만 그녀와 헤어지고 여동생 친구인 안나를 만나게 된다. 안나에게 푹 빠진 '나'는 사랑을 고백하려 하지만, 오히려 그녀는 그저 오늘을 아름답게 보내자고 '나'에게 제의한다. 저녁이 되자 '나'는 안나의 배웅을 받으며 기차에 오른다.

헤세는 『데미안』을 마흔 갓 넘은 나이에 발표하였다. 그는 이 소설을 통해 한때 누구나 겪을 법한 선과 악 사이, 즐거움과 고통 사이에서 고뇌하는 청춘을 싱클레어의 성장 과정을 통해 그림으로써, 작가 자신이 겪어온 성장통을 스스로 치유하기도 하였다. 싱클레어가 데미안과 사귀며 하나의 몸으로 성장해간 것처럼, 새가 알을 깨는 고통을 통해 다른 세상으로 나아간 것처럼, 한 청년이 사랑을 경험하고 떠나면서 아득한 감동을 느낀 것처럼, 우리도 자신의 세계를 넓혀가는 과정에서 고통을 받아들였던 젊은 날을 떠올릴 수 있으리라. 그것이 바로 새가 아프락사스를 향해 날아가듯, 한 청년을 태운 기차가 다시 세상을 향해 떠나듯 저마다의 삶을 살아가면서 '치명적 도약'을 수행해 간 순간이 아니었겠는가. 『데미안』 100주년은 그러한 비상飛翔/非常의 힘을 다시 한번 생각하게끔 해준다.

괜찮을까, 괜찮다, 괜찮아!
—김수영의 산문 「민락기」

산문가 김수영

잘 알다시피 시인 김수영(金洙暎, 1921-1968)은 산문에서도 일가를 이루었다. 그는 줄곧 거칠 것 없는 산문을 통해 자신의 시의식을 표명하였고, 그런 만큼 완성도 높은 에세이를 꽤 많이 남겨놓았다. 그 점에서 그는 1930년대 모더니스트 이상이나 김기림과 함께 탁월한 근대 에세이스트로 기록될 것이다. "에세이스트는 실험하며 글을 쓰는 사람, 대상을 여기저기 조사하고 물어보고 모색하고 시험하고 순간마다 철저하게 자기 자신을 반성해보는 사람, 다각도에서 대상에 몰두하며, 자기가 본 것을 마음의 눈에 집중시키는 사람, 글을 쓰면서 생겨난 여러 조건이 제시하는 새로운 내용을 그때그때 음미하고 이용하는 사람이다"라고 아도르노가 "Der Essay als Form"이라는 아티클에서 갈파한 것에 따르더라도, 김수영의 산문은 문학사적으로 독립된 위상을 부여받아야 할 것이다.

「민락기」의 맥락

그의 산문 중 「민락기民樂記」라는 것이 있다. 타계 9개월 전인 1967년 9월에 쓴 후기 작품이다. 그때 그는 열심히 월평 같은 비평적 에세이를 많이 썼는데, 그 가운데 한 편이다. 그의 글 가운데서 비교적 덜 인용되는 이 작품의 제목은, 당시 발표된 양명문의 시 「民樂記」에서 그대로 취한 것이다. 김수영은 1967년 여름, 강릉에 살고 있는 여동생 수연 내외의 초대를 받는다. 이 글은 "올여름에 강릉에 놀러가서 손아래 매부한테서" 느낀 점을 말하는 것으로 시작된다. 김수영은 8남매 중 맏이였다. 수성, 수강, 수경, 수환 등 남동생 넷과 수명, 수연, 송자 등 여동생 셋이 있었다. 수연의 남편 채헌덕은 해방 직후에 함흥에서 월남하여 서울대 의대를 졸업하고 공군 군의관으로 복무한 뒤 강릉에서 병원을 운영하고 있었다. 물론 잘 알려져 있듯이, 김수영이 타계하고 조금 지난 1969년 12월 11일에 매제 채헌덕은 대한항공 여객기 납북사건의 범인으로 오인되어 가족들이 연좌제에 묶인 탓에 어려운 생활을 하게 된다.

강릉 방문 경험을 회상하면서 김수영은 "그들 부부가 그야말로 돈을 물같이 쓰면서 나를 환대해주는 데 야코가 죽은" 순간을 이야기한다. 동생 부부의 부富를 바탕으로 한 환대를 기억하면서 그네들이 보여준 "힘의 마력" 곧 "행동의 마력"을 생각한다. 그러다가 여동생이 서울에 다시 와서 보여준 모습에 대해 김수영은 "그녀의 힘의 마력에 취한 나는 그녀의 힘의 미를 알렉산더 대왕의 그것과 연결시켜"보기도 하고, "그녀가 돈을 벌려고 남편과 함께 겪은 고생을 생각하고, 또한 그녀가 겪고 있는 불안을 생각하고, 그리고 그녀가 그 불안을 직시하면서 굴치 않고 있는 것을 생각하고 이만하면 취할 자격이 있다고" 생각해보기도 한다. 말하자면 누이가 보여준 "힘의 마력" 속에 숨겨진 불안과, 그 불안을 넘어서는 순간을 함께 본 것이다. 그때 "행동의 경이와 포만감과 불안감을 읊은 작품"으로 「민락기」가 눈에 선뜻 들어왔던 것이다.

양명문의 이 시편은 시집 『묵시록』(정음사, 1973)의 맨 앞에 실린다. '민락'은 양명문의 주註에 의하면 "해운대 근처에 있는 작은 어촌명"이다. 김수영은 거의 같은 시기에 쓴 다른 글(「'낭독반'의 성패」, 1967. 9)에서도 "양명문의 「민락기」도 그의 본령이 유감없이 발휘된 생기에 찬 원숙한 경지를 과시한 작품으로서 이달의 귀중한 수확임에 틀림없다"라고 상찬한 바 있다. 그 작품의 5연과 마지막 연은 다음과 같다.

그래도 나는 신이 난다.

모두 내 세상 같아 우쭐해진다.

'괜찮을까……'

(중략)

지친 나는 맥이 빠져 버린다.

갑자기 남의 세상 같아 서글퍼진다.

'괜찮을까……'

이 작품 전문을 인용하고서 김수영은 작품 세목에 대한 낱낱의 해석보다는, 신이 나고 우쭐해지는 것과 맥이 빠지고 서글퍼지는 것 사이에 양명문이 던진 '괜찮을까……'라는 물음에 대한 우회 답변으로 다음과 같은 표현을 던지면서 글을 마무리한다.

괜찮을까…… 괜찮을까…… 괜찮을까……? 괜찮다…… 괜찮다…… 괜찮다…… 괜찮아!

이는 결국 누이동생에게서 보았던 힘과 불안의 사이처럼, 양명문 시의 우쭐함과 서글픔 사이의 마력을 '괜찮아!'라고 긍정한 것이다. 자신이 겪은 날것의 콘텍스트와 월평을 쓰고자 읽은 텍스트 사이를 횡단하면서 모순(힘/불안, 우쭐함/서글픔)의 원리를 자각하는 말년의 김수영이 훤칠하게 보인다.

김수영 산문의 상호텍스트성

이제 우리의 기억은 그가 맨 마지막에 처리했던 언표가 일종의 상호텍스트성을 형성하고 있음을 향한다. 먼저 이러한 나열과 문답과 변이의 수사학은 그의 「하…… 그림자가 없다」(《새벽》, 1960. 6)를 떠올리게 한다. 그는 "하늘에 그림자가 없듯이 민주주의의 싸움에도 그림자가 없다/하…… 그림자가 없다"라고 노래한 뒤에 다음과 같은 종결법을 취한 바 있다.

> 하…… 그렇다……
> 하…… 그렇지……
> 아암 그렇구말구…… 그렇지 그래……
> 응응…… 응…… 뭐?
> 아 그래…… 그래 그래.

그런가 하면 무엇보다도 이는 서정주의 「내리는 눈발 속에서는」을 연상케 하기에 족하다. 미학적 완성도에서 미당 최량의 시집인 『서정주시선』(1956)에 실린 이 작품은, 미당 특유의 달관과 긍정의 미학이 농울치는 명편이다. 앞의 두 연이다.

괜, 찬, 타, ……
괜, 찬, 타, ……
괜, 찬, 타, ……
괜, 찬, 타, ……
수부룩이 내려오는 눈발 속에서는
까투리 매추래기 새끼들도 깃들이어 오는 소리. ……

괜찬타, ……괜찬타, ……괜찬타, ……괜찬타, ……
폭으은히 내려오는 눈발 속에서는
낯이 붉은 처녀 아이들도 깃들이어 오는 소리. ……

이렇게 세 텍스트(「민락기」, 「하…… 그림자가 없다」, 「내리는 눈발 속에서는」)가 느슨하게 결속되면서 김수영 산문의 치열한 자의식이 출렁이고 있다. "괜찮을까……"는 양명문에게, "괜찮다…… 괜찮다…… 괜찮다……"는 미당에게 취하면서도 전혀 다른 비평적 맥락으로 바꾸어내는 산문적 자의식이 김수영답다. 그러한 연쇄적 표현은 물론 양명문 시에서 착안한 것이지만, 미학적으로 대척점에 있던 미당의 어법과 기표를 변형하여 산문에 들인 것도 재미있는 일이다. 평지돌출의 창의성보다는 수많은 선행 텍스트들이 참조되고 변형되면서 일어나는 상호텍스트성이 김수영 산문에서도 빛을 발하고 있는 셈이다.

선택에 대한 긍정과 사랑

다음 시편은 나의 기억 속에 오래도록 웅크리고 있다. 가끔씩 생의 어떤 분기점에 이를 때마다 불쑥불쑥 솟아나 너그러운 자긍과 겸손의 마음을 환기해주는 작품이다. 한번 읽어보자. 원문을 소개하기는 어려운 터라 피천득 선생 번역으로 소개한다. 개인적으로는 고등학교 국어교과서에서 이 번역시편을 처음 접했다.

가지 않은 길

노란 숲 속에 길이 두 갈래로 났었습니다.
나는 두 길을 다 가지 못하는 것을 안타깝게 생각하면서,
오랫동안 서서 한 길이 굽어 꺾여 내려간 데까지,

바라다볼 수 있는 데까지 멀리 바라다보았습니다.

그리고, 똑같이 아름다운 다른 길을 택했습니다.
그 길에는 풀이 더 있고 사람이 걸은 자취가 적어,
아마 더 걸어야 될 길이라고 나는 생각했었던 게지요.
그 길을 걸으므로, 그 길도 거의 같아질 것이지만.

그 날 아침 두 길에는
낙엽을 밟은 자취는 없었습니다.
아, 나는 다음 날을 위하여 한 길은 남겨 두었습니다.
길은 길에 연하여 끝없으므로
내가 다시 돌아올 것을 의심하면서…….

훗날에 훗날에 나는 어디선가
한숨을 쉬며 이야기할 것입니다.
숲 속에 두 갈래 길이 있었다고,
나는 사람이 적게 간 길을 택하였다고,
그리고 그것 때문에 모든 것이 달라졌다고.

몇몇 '길'의 이미지가 있다. 페데리코 펠리니의 아름다운 영화 〈길〉, 프랭크 시내트라의 장중한 노래 〈마이 웨이〉 등은 '길'

을 상징의 차원으로까지 각인한 명품들이다. 그 가운데서도 로버트 프로스트의 명편 「가지 않은 길」은 가장 선명한 기억의 '길'을 뚜렷한 심상으로 선사한 바 있다.

시의 화자는 어느 가을날 숲에서 두 갈래 길을 만난다. 얼마나 망설일 것인가. 그래서 그는 "두 길을 다 가지 못하는 것을 안타깝게 생각"하는 것이다. 하지만 그는 그중에서 사람이 걸은 자취가 적게 보이는 길을 선택한다. 도전과 개척의 의미를 품은 이 선택은, 다른 한 길에 대해서는 "다음 날을 위하여" 남겨두는 것을 수반하게 된다. 물론 이 갈림길에 다시 돌아올 수 있을까를 의심하면서 말이다. 결국 그는 자신의 노경에 이르러 자신이 선택한 길 때문에 "모든 것이 달라졌다고" 회상하게 된다.

흔히 우리 삶의 과정은 '길'에 비유되곤 한다. 그 '길'은 삶의 과정을 가장 적절하게 은유하면서 순간순간 우리에게 여러 갈래의 선택지로 다가온다. 만약 우리에게 하나의 길만 주어지고 그저 우리는 그 길을 걷기만 하면 된다면, 우리 삶은 얼마나 평화롭고 단조로울 것인가. 하지만 우리의 삶은 선택의 연속 속에서 특유의 긴장과 활력을 가지는 법이다. 그런데 '선택'이 다른 것들의 '배제'나 '포기'를 뜻한다는 점에서 그것은 결코 쉬운 일이 아니다. 그럼에도 우리는 중요한 고비마다 다른 것들을 배제하거나 포기하면서 '길'을 선택해간다. 하지만 그 선택에 자긍과 겸손을 가지고 살아간다고 해도, 어찌 '가지 않은 길'에 대한 미련과 아쉬움이 없을 것인가.

나는 이 시편에 담긴 시인의 삶의 여정, 곧 망설이고 아쉬워하면서도 종국에는 자신의 삶을 긍정하고 사랑하는 마음의 흐름이야말로 우리 삶에서 가장 아름답고도 불가피한 선택의 과정이라고 생각한다. 그래서 우리는 그 '가지 않은 길'을 상상적으로 그리워하면서 자신이 선택한 '길'을 오늘도 걷고 있는 것이 아니겠는가. 가끔씩 그 선택에 회한과 아쉬움을 느끼면서, 더없는 감사를 드리면서 말이다.

4부

고유한 빛이자 빛으로

연애란 무엇인가
—나혜석의 경우

1.

인간이 이루는 공동체적 관계에서 필수적으로 요구되는 인프라는 인간 상호 간의 육체적·정신적 소통일 것이다. 이는 물론 단절된 개체로는 살아갈 수 없는 인간의 '사회적 동물'로서의 성격을 강조하는 뜻의 말이겠지만, 점차로 '존재'보다는 '관계' 개념이 중시되어가고 있는 현대 사회의 한 단면을 암시하고 있는 것이기도 하다. 따라서 구성원 사이의 활성화된 소통은 한 공동체의 생명력과 자기 발전을 추동하는 원천적 힘으로 작용하고, 반면에 소통의 단절이나 지체는 한 공동체의 생명을 억압하고 왜곡시키며 나아가 수많은 단자單子들로 그것을 해소해버리게 된다. 이러한 인간과 인간의 소통 관계를 이루는 구체적 형식은 '행위'와 '정서'로 대별할 수 있을 것인데, 이것들은 한결같이 타자 또는 사물과의 감성적 관계를 통해 드러나게 된다. 만남과 헤어짐, 협력과 고립, 화해와 적대 같은 것이 구체적인 '행위'를 통해 나타나는 것이라면, 좋아함과 싫어함, 분노와 너그러움 같은 것은 행위 이전에 발생하는 '정서'의 형식으로 드러나는 것이다. 이 모두가 일종의 사회적 '관계'를 통해 매개되는 것임은 물론이다.

그중에서 '사랑'이라는 범주는, 비록 정서의 영역에서 발생하는 것이지만, 그 나름의 고유한 행위 양식을 통해 자신을 구체화하는 특성을 지니고 있다. 또한 그것은 인간의 역사 이래 가장 유구한 문제적 개념으로서의 역사를 가지고 있기도 한데, 고전적 쟁점일수록 사실은 그것이 여전히 미해결의 과제임을 말하는 것이라면, '사랑' 역시 지속적인 우리의 관심 대상이 되고 있는 개념일 터이다. 물론 '사랑' 역시도 인간이 가지는 고유한 욕망의 한 형식이고, 또한 근본적으로 충족 불가능한 인간 욕망의 성격에 비추어 생각해보면, 그것은 우리의 일상과 감각을 얽어매고 있는 자기모순적인 소모적 파토스일 뿐일 수도 있다. 이러한 사랑의 복합적인 심리적·정서적·물리적 실체성은 후발 과학인 심리학에 의해 폭넓게 탐색되고 있는데, 그것은 '사랑'이 비록 개인적 차원에서 발원하는 것이기는 하지만 그와 동시에 사회적 또는 문화적 상황을 반영하는 일종의 사회문화적 형식임을 입증해주고 있다. 곧 '사랑'이란 인간 내면의 정서이자 사회심리학적 현상이기도 하다는 것이다.

이러한 사랑의 관계적 형식을 뜻하는 말 가운데 '연애'라는 것이 있다. 이는 '사랑'이나 '애정'처럼 포괄적인 정서적 지향의 언어와 구별되는 근대적 의미의 함의를 담고 있다. 우리는 보통 부부 사이의 사랑을 '연애'라고 하지는 않는다. 따라서 근대적 의미의 '연애'란 혼인 관계에 의해 맺어지지 않은 남녀 간의 유동적이고 가변적인 사랑의 형식을 말하는 것이다. 제도적·관습적 구속에서 벗어난 근대적 개인이 주체로 나서는 사랑의 적극적 공유 양식이 연애일 터이기 때문이다. 따라서 '연애'의 함의에는 절대적이고 보편적인 사랑의 의미 외에도, 시대적이고 지역적이고 계층적인 사랑의 의미가 포함되어 있는 것이다. 이러한 '연애'는 때로는 추악한 스캔들로 때로는 더없이 애절한 로맨스로 번져나가 우리의 기억을 출렁이게 한다. 우리는 근대 초기 우리나라에서 일어난 미증유의 연애 사건을 여럿 기억한다. 그 가운데 대표적인 것이 윤심덕과 김우진 커플, 나혜석과 최승구 커플일 것이다. 앞 커플은 현해탄에 몸을 던짐으로써 동시에 세상을 등졌고, 뒤 커플은 나혜석이 최승구의 죽음을 안고 평생을 살다가 불행하게 죽은 역사를 가지고 있다. 모두 화려하고 애틋한 '연애'들이다. 그 가운데 나혜석 연애 이야기로 한번 들어가보자.

2.

근대 초기에 지울 수 없는 흔적과 인지도를 남긴 화가이자 작가이자 여성운동가였던 나혜석은, 1896년 4월 28일 수원에서 5남매 중 넷째로 태어났다. 이른 나이에 그녀의 인생을 흔들어놓은 사건은 동경 유학 시절에 만난 최승구와의 첫사랑이었다. 최승구는 1892년 경기도 시흥에서 태어나 일찍 부모를 여의고 숙부의 보살핌으로 보성중학을 거쳐 동경 게이오대학에 유학한 시인이다. 아호를 소월素月로 썼던 최승구는 동경 유학생 가운데 천재로 불렸으며, 동경 유학생 잡지였던 〈학지광〉의 편집인을 맡았을 정도로 그 영향력이 지대하였다. 이미 고국에 아내가 있었던 최승구를 나혜석에게 소개한 인물은 정작 최승구의 친구이자 나혜석의 오빠였던 나경석이다. 그는 이들 커플이 스웨덴의 사상가 엘렌 케이가 말했던 '연애의 이상'에 꼭 들어맞는 경우라고 생각했다. 결국 이들은 서서히 연인 관계로 나아갔고, 짧은 기간이었지만 사회적 금기와 시선을 뒤로한 채 열렬한 비제도적·비관습적 '연애'를 하였다.

그후 최승구와 나혜석은 동경 유학생 사회에서 최고 커플이 되어 숱한 화제를 뿌린다. 하지만 양 집안의 동시 반대로 최승구의 이혼은 현실화되지 못했다. 최승구는 가족의 이혼 반대로 유학비를 받지 못했고, 사랑의 고통으로 몸과 마음을 다쳐 끝내 폐결핵에 걸려 학업을 중단하고 1915년 말에 고향으로 가서 요양을 하게 된다. 그때 나혜석이 병중의 최승구를 찾아가 그를 하루종일 보살피다가 일본으로 돌아갔다는 이야기가 그동안 그의 사촌동생 최승만의 저작을 통해 전해져왔다. 그러다가 나혜석이 최승구를 찾아왔던 때의 세목을 담고 있는 자료가 최근 발굴되어, 이들의 애틋한 이야기를 우리로 하여금 정확하게 알게 해주고 있다.

나혜석은 〈월간 매신〉 1934년 3월호에 「영원히 잊어주시오」라는 길지 않은 글을 게재하였다. 한동민 수원박물관 학예팀장에 의해 발견된 이 자료는, 나혜석과 최승구의 사랑이 보여준 마지막 장면을, 그것도 나혜석 스스로의 기억에 의해 구성하고 있다는 점에서 의미가 매우 크다. 이 자료에 의하면, 나혜석은 아버지의 사망 통보를 받고 잠시 귀국하였다가 최승구의 형 최승칠로부터 최승구가 위독한데다 나혜석만 찾으니 잠시 왔다가 동경으로 갈 수는 없겠느냐는 전갈을 받는다. 집안 반대로 그녀는 그냥 동경으로 떠났지만, 동경에 도착해보니 다시 최승칠의 편지가 와 있는 게 아닌가. 그녀가 못 온다는 소식을 듣고 최승구의 병이 더 위중해졌으며 그래서 그녀가 오지 않으면 죽을 것 같다는 내용이었다. 그때 나혜석은 두말할 것 없이 귀국하여 최승구가 요양중이던 전라도 고흥에 가서 무려 열흘 동안이나 정성스러운 간호를 한다. 방을 치우고 화분을 들이고 깨끗이 그의 몸을 씻기고 그의 얼굴을 스케치하는 등 열흘 동안

이들은 병중의 로맨스를 완성한다. 병세가 나아지자 나혜석은 동경 길에 올랐고, 동경에 도착한 지 닷새 만에 최승구의 사망 소식을 접한다. 사망 전보를 차마 볼 수 없어 동생더러 뜯어보라고 하고 나서, 나혜석은 애도의 답전을 보내고, 다시 그 답전을 관 속에 넣었다는 소식이 고흥으로부터 또 온다. 이 글의 마지막 구절은 이러하다.

> 간단하고 명백하고 심오하고 철저한 그 말
> "오해 없이 영원히 잊어주시오."
> 이는 내 초련初戀의 최초요 최종의 말이었다.

그녀의 첫사랑 최승구는 이러한 말을 남기고 나혜석 곁을 영원히 떠났다. 1916년 2월경의 일이었다. 그렇게 최승구는 26세의 젊은 나이로 숨을 거둔다. 그후 나혜석은 자신이 그의 죽음을 만들지는 않았나 하는 자괴감에 빠져, 그의 곁에 조금 더 머물렀더라면 죽지 않았을 거라는 회한을 털어놓기도 했다. 이후 나혜석은 김우영이라는 변호사와 결혼할 때 최승구 묘지에 묘비를 세워달라고 요청했고, 그것이 마지막으로 그를 잊어버리기 위해서라고 말했다. 그들은 최승구 묘지를 찾아 묘비를 세웠고, 지금 우리는 그것을 찾을 수 없다. 참으로 열렬하고 안타깝게 이어지다 끊기고 다시 이어진 '연애' 이야기가 아닐 수 없다. 그만큼 그들은 제도적·관습적 구속에서 벗어난 근대적 개인이 주체로 나서는 '연애'를 한 것이다. 이제 나혜석의 고향인 수원에는 그녀의 이름을 딴 거리명이 생기고, 학자들에 의해 '나혜석학회'가 만들어지는 등, 그녀는 불멸의 역사적 인물로 재조명받고 있다. 그 화려함 뒤에 그녀의 이토록 슬픈 연애 이야기가 농울치고 있는 것이다.

3.

'사랑'에 관한 한, 그것의 대상인 타자는 무심하고 의식 없는 사물이 아니라 주체와 마찬가지로 동일한 자의식과 욕망을 가진 살아 있는 존재이다. 따라서 우리가 말하는 '사랑'은 자기애自己愛 같은 자기회귀적인 것이 아니라, 상호 소통의 성격을 띠는 관계 양상을 말하는 것이다. 물론 일방향적인 짝사랑 또는 외사랑이라는 방식이 존재하겠지만, 궁극적으로 말해 사랑은 쌍방향적인 것이다. 우리는 보통 '사랑에 빠진다falling in love'라고 한다. 그러나 일찍이 프롬은 사랑은 빠지는 것이 아니라 참여하는 것이라고 갈파하였다. 사랑이란 수동적인 정동passive affect이 아니라 능동적인 활동active activity이라는 것을 강조한 것이다. 그래서 사랑은 존재 관념보다는 소유 관념에 집착하는 정서적 지향성을 가지고 있다. 그러나 성숙한 사랑이란 자신의 통합성integrity을 유지하는 조건에서 이루어지는 결합이기 때문에 “둘이 하나가 되면서도 여전히 둘인 상태로 남아 있는 것”이라는 역설을 성립시킨다. 따라서 살아 있는 생명체로서의 존재 증명에 사랑보다 더 명징한 것은 없다. 나혜석과 최승구가 보여준 ‘연애’ 이야기는 이러한 쌍방향적이고 능동적이며 성숙한 사랑을 담고 있었던 것이다.

우리의 독서 경험을 통해 보건대 사랑의 고전들, 이를테면 셰익스피어의 비극 「로미오와 줄리엣」이나 괴테의 「젊은 베르테르의 슬픔」, 포의 서정시 「애너벨 리」 등은 모두 이루지 못한 사랑으로 우리의 뇌리에 깊이 각인되어 있다. 양희은의 〈이루어질 수 없는 사랑〉이라는 노래도 있었다. 다시 말해 우리는 ‘사랑’이 제도적으로 승인되기보다는 운명이나 불가항력적인 타자의 개입으로 인해 소멸 또는 유보되는 것을 더 강렬하게 기억한다. 여기서 우리는 왜 사랑의 결여 형식이 완성형보다 비극미와 감동, 나아가 예술적 동일시와 카타르시스를 더욱 증폭시키는가를 질문할 수 있다. 나혜석의 이루지 못한 사랑, 최승구가 마지막에 병중에서 만난 상상적 사랑은 모두 그러한 미완의 비극성을 잘 말해준다. 아름답고 애잔하다.

정지용과 채동선

정지용은 한국 근대시의 거장이다. 그는 시의 언어예술적 측면을 자각한 최초의 시인이었고, 시 안에 근대적 삶의 경험적 충실성을 줄곧 표현하였고, 투명한 감각과 동양적 정신을 결합하여 시를 씀으로써, 우리 학계에서 가장 풍요로운 해석 문서군群을 거느린 시인이 되었다. 그의 시편 중에 대중의 뇌리에 뚜렷하게 남은 것은 일찍이 가곡으로 만들어져 불린 「고향」일 것이다.

고향에 고향에 돌아와도/그리던 고향은 아니러뇨.//산꽁이 알을 품고/뻐꾸기 제철에 울건만//마음은 제고향 진히지 않고/머언 항구로 떠도는 구름//오늘도 메끝에 홀로 오르니/힌점 꽃이 인정스레 웃고//어린 시절에 불던 풀피리 소리 아니나고/메마른 입술에 쓰디 쓰다.//고향에 고향에 돌아와도/그리던 하늘만이 높푸르구나.

—정지용, 「고향」

또다른 대표작 「향수」에서 정지용은 연마다 반복되는 "그곳이 참하 꿈엔들 잊힐리야"라는 구절을 통해, 독자들을 고향으로 불러들이는 주술적 효과를 자아낸 바 있다. 우리는 이 작품을 통해 가난이 지닌 질박한 아름다움 속에서 귀속의 안도감을 발견하고 행복감마저 느끼게 된다. 이러한 「향수」와 전혀 다른 지점에서 쓰인 작품이 「고향」이다. 이 시편은 깊은 고향 상실감을 노래하였는데, 여기서 시인은 "머언 항구로 떠도는 구름"이 되어 고향 주변을 겉돌고 있다. 폐쇄된 내면 공간과 열린 자연 공간의 대립이 긴장을 이루면서, 이 작품은 고향을 그리워하는 마음을 산뜻하게 표현하고 있다.

이 작품은 채동선이 작곡하여 일제강점기에 널리 불렸다. 채동선은 1910년 전남 벌교에서 태어나 3·1운동 후 일본으로 건너갔으며 와세다대학 영문과를 졸업하였다. 1918년경에는 홍난파에게 바이올린을 배웠고, 1924년에는 본격 음악 공부를 하기 위해 독일로 유학하여 작곡과 바이올린 연주를 배운 엘리트 중의 엘리트였다. 1929년에 귀국한 그는 바이올린 독주회를 여러 차례 개최하였고, 최호영, 이혜구 등과 현악 4중주단을 결성하는 등 활발한 음악 활동을 펼쳤다. 전통 음악에도 관심을 보여 〈서울 아리랑〉 등을 편곡하기도 했는데, 1953년 아깝게 타계하였다.

채동선 곡으로 1933년에 태어난 가곡 〈고향〉은, 당대 우리나라 지식인들 사이에 최고의 인기곡이었다. 그런데 이 곡은 정지용이 월북시인이라는 이유로 노랫말이 대체되는 역사를 가지고 있기도 하다. 정지용이라는 이름을 밝히기 꺼렸던 시대를 반영하듯이, 나중에 박화목이 「망향」이라는 시편을 지어 채동선 곡과 결합하게 되었고, 또 채동선 유족 쪽에서 이은상에게 가사를 의뢰하여 다른 노랫말로 불리기도 하였다.

꽃 피는 봄 사월 돌아오면/이 마음은 푸른 산 저 넘어/그 어느 산모퉁 길에/어여쁜 님 날 기다리는 듯/철 따라 핀 진달래 산을 덮고/머언 부엉이 울음 끊이잖는/나의 옛 고향은 그 어디런가/나의 사랑은 그 어디멘가/날 사랑한다고 말해주렴아/그대여 내 맘 속에 사는 이 그대여/그대가 있길래 봄도 있고/아득한 고향도 정들 것일레라

—박화목, 「망향」

그리워 그리워 찾아와도/그리운 옛님은 아니 뵈네/들국화 애처롭고/갈꽃만 바람에 날리고/마음은 어디고 붙일 곳 없어/먼 하늘만 바라본다네/눈물도 웃음도 흘러간

세월/부질없이 헤아리지 말자/그대 가슴엔 내가/내 가슴엔 그대 있어/그것만 지니고 가자꾸나/그리워 그리워 찾아와서/진종일 언덕길을 헤매다 가네

—이은상, 「그리워」

이처럼 채동선 곡 하나에 시가 무려 세 편이나 따라붙는 진풍경이 벌어진 것이다. 가곡 한 편에 우리 분단사가 내재되어 있는 퍽 희귀한 사례일 것이다. 예술도 역사의 흐름에 빚지고 있다는 분명한 사례로 기억될 만하다.

언어의 황홀, 백치의 역사 감각
—가상 인터뷰: 서정주

미당에 관한 스침의 기억

미당 서정주가 별세한 지 10년이 훌쩍 지났다. 오랜 세월을 돌려, 한국문학사에서 가장 논쟁적인 캐릭터 가운데 하나인 그와 상상 속에서나마 인터뷰를 하려고 하니까, 새삼 그에 대한 오랜 기억 하나가 순간적으로 스쳐간다. 물론 그 기억은 충실한 내용을 갖춘 것이 아니라, 흐릿하고 아스라한 '스침'의 형상을 가지고 있을 뿐이다. 1980년 11월, 그러니까 내가 고등학교 1학년 때 참여했던 '문학의 밤'에서, 나에게는 그저 신화적 존재이기만 했을 그를 처음 보았다. 생각해보니 그때 시인의 나이 66세였다. 비록 노경이었지만, 그는 깊어가는 가을밤처럼, 우리에게 자신의 「국화 옆에서」에 대해 고조곤히 이야기를 풀어갔던 것 같다. 요즘 같으면 대학에서 불러도 올까 말까 한 대가급 시인이 고등학교 '문학의 밤' 찬조연사로 왔으니, 참으로 오래된 풍경이긴 하다.

어쨌든 우리는, 미당보다는 옆 학교 여학생들의 출현이나, 유치하게 써서 자료집에 실었던 자신의 작품을 낭독해야 하는 순간에 더 관심을 두고 있었을 것이다. 그때 이미 미당이 광주민주화운동을 짓밟고 권력을 잡았던 한 군인을 "단군 이래 최대의 미소"를 지닌 이라고 표현했다는 소문이 흉흉하게 돌았고, 이미 서정주는 미당未堂이 아니라 말당末堂이라고 불러야 한다는 수군거림이 문예반 안에 돌기도 했다. 하지만 어린 나는 그런 소문에 아랑곳없이 그를 멀찍이나마 바라볼 수 있었고, 비록 단체사진이었지만 한순간을 정지시켜놓고 그와 한 렌즈에 녹아들어갔던 순간만을 소중하게 간직하려 했을 것이다. 고등학교 때 어떤 이유에서인지 손에 들어왔던 조남익 시인의 『한국현대시해설』에서 이미 그의 시를 10여 편 정도 읽어온 터라, 그 기쁨은 더욱 컸을 것이다. 나는 그때 이후 한 번도 그를 만난 적이 없다.

그렇게 그를 스치듯 만난 기억으로부터 30년이 지난 시점에, 나는 21세기가 펼쳐지는 해에 숨을 멈춘 그를 상상 속에서나마 만났다. 그의 목소리는 고단한 듯 들렸지만, '또렷또렷'과 '카랑카랑'을 오가면서 자신의 시와 생애에 대한 그 나름으로 솔직한 이야기를 들려주었다. 이미 그의 시와 삶은 여러 글을 통해 알려질 대로 알려졌다. 그런데 나는 새삼 그의 음성을 통해 무엇을 들으려고 했을까. 그것은 아마도, 나를 순간적으로 눈멀게 한 그의 매혹적인 시편들과, 그 이면에 불편한 흔적으로 흐르고 있는 그의 어처구니없는 역사 감각 사이에 끼인 간극에 관한 것이었을 터이다.

미당의 생애와 시 이야기

미당은 초기작인 「자화상」을 비롯하여 「화사」, 「귀촉도」, 「국화 옆에서」, 「춘향유문」, 「추천사」, 「푸르른 날」, 「동천」 등, 교육을 통해서건 자발적 독서를 통해서건, 나의 뇌리에 깊이 각인되어 있는 숱한 명편들을 발표하였다. 그는 『화사집』(1941), 『귀촉도』(1948), 『신라초』(1961), 『동천』(1968), 『질마재 신화』(1975) 등의 시집을 통해, 그에 대해 비판적인 이들이건 공감하는 이들이건 쉽게 범접하기 힘든 커다란 시의 산맥을 이루어놓았다. 그 세계는 우람하면서도 웅숭깊다. 깊은 산처럼 드리운 그늘도 깊고 어둑하다. 그래서 나는 그의 생애와 시를 통해, 한국 시의 빛과 그늘을 동시에 바라볼 수 있을 거라고 판단하였다.

미당은 첫 시집 『화사집』을 전후하여, 육체와 생명의 발견으로 특징지어지는 '저주받은 시인'으로서의 자전적 목소리를 시에 드러냈다. 특별히 「자화상」에는 식민지 시대를 살아간 청년 화자가 자신의 가난한 상황을 운명으로 받아들이는 드라마가 펼쳐져 있다. 이 시는 그 대담한 솔직성으로 우리에게 적지 않은 충격을 준다. 그는 자신을 "키운 건 팔할이 바람"이라면서 그 바람의 유동성과 역동성을 자신의 운명으로 받아들인다. 그리고 타인이 자신을 '죄인/천치'로 보는 것에 "아무것도 뉘우치진" 않겠다고 한다. "찬란히 틔워오는 어느 아침에도/이마 위에 얹힌 시의 이슬에는/몇 방울의 피가 섞여 있"다는 충격적 진술을 통해 자신이 펼쳐갈 시적 편력을 암시하기도 한다. 일찍이 "발표 이후 근 50년의 풍화에도 불구하고 여전히 신선하며 충격적인 직접성"(유종호)을 주는 강력한 호소력을 보이는 이 시편에 대하여 시인은 어떤 생각을 하고 있을까.

> 내가 살아온 이야기는 여러 책에서 여러모로 긍정도 하고 비판도 많이 했으니, 오늘은 그런 거 말고 시 이야기를 주로 했으면 좋겠어. 「자화상」 이야기했던가? 그게 내 자전적인 이야기냐구? 아니야. 그건 그저 상징적 작품일 뿐이지. 내가 스물세 살 때 쓴 건데, 우리네 농촌 산골에서 흔히 볼 수 있는 옛 조선 사람들의 자화상이라고 보면 되지 않을까 해. 특별히 나의 이야기라고만 할 수는 없지. 그리고 「화사」는, 그게 언제였더라, 하여튼 내가 해인사 영당이라는 암자에 있던 여름의 어떤 밤이었어. 조그만 박쥐새끼 한 마리가 열린 창틈으로 날아들어와 방안을 퍼덕

거리며 수선을 떠는 것을 잡아서 내 양말깁기용 큰 바늘로 벽에 꽂아놓고 나서, 한여름 구상해오던 이것을 술술 써냈지. 지금 생각하면 약간 엽기적이지? 어쨌든 그때 나는 육체를 중요시하는 자의 감각은 고대 그리스나 로마인들이 흔히 했던 것처럼 일종의 잔인함을 가지고 있다는 것을 경험했어. 그것을 더욱 극단으로 몰고 간 작품이 원초적 색상으로 노래한 「문둥이」지.

미당은 자신의 굴곡 많은 삶보다는, 자신의 시에 대해 그리고 시를 둘러싼 기억들에 대해 술회하고 싶어했다. 자신의 작품 속에 들어 있는 자전적 속성을 부인하거나, 자신이 일말의 잔인함을 동반한 깨달음을 가졌다고 고백하는 것은, 역시 그다운 솔직성의 표현이었다. 하지만 여전히 나는, 그를 둘러싼 가장 격렬한 의구심의 발원지인 식민지 시대의 말기, 곧 태평양전쟁을 전후한 시기의 행적을 알고 싶었다. 그를 친일문인으로 비판하는 시선들이 가장 원초적으로 머무는 시간이 바로 이때니까 말이다. 그는 뭐라 말할까?

1940년에 만주 간도성 연길이라는 곳에 가서 먹고살려고 노력 많이 했어. 조선반도 안에서는 정말 식구들 입에 풀칠하기도 힘들었거든. 그런데 거기에서의 생활이 정말 시련의 연속인 거야. 취직도 잘 안 되고, 결국 어떤 친구의 주선으로 들어간 만주 양곡회사 연길 지점에서 나는 영하 30도 추위를 무릅쓰고 일했어. 내게 가장 중요했던 건 식구들의 목숨이었거든. 그런데 월급이 45원이었는데 그 정도 가지고는 식구들을 도저히 먹여 살리기가 어려웠어. 그래서 귀국하여 잡지사 기자도 하고 그랬었지.

그가 겪은 가난과 유랑, 그리고 다른 이들에 비해 특별했던 가족 안녕에 대한 본원적 욕구 등을 그는 솔직하게 풀어놓았다. 그런데 바로 만주에서 돌아와 보여준 그의 행적이 결국 문제가 되었다. 나는 이렇게 물었다.

선생님이 일제 말기에 남기신 기록에 대해서는 『친일인명사전』(역사문제연구소, 2010)이 참담하게 증언하고 있습니다. 한 부분을 읽어보겠습니다. "서정주는 1942년 7월 13일부터 17일까지 〈매일신보〉에 평론 「시의 이야기」를 발표하면서 본격적으로 친일 대열에 합류했다. (…) 〈국민문학〉 1943년 10월호에 발표한 「항공일에」는 친일시의 향방을 잘 보여준다. 이 작품은 일제가 침략 전쟁을 미화하고 전쟁 동원을 독려하기 위해 제정했던 항공일 행사에 맞춰 쓴 기념시다. (…) 1944년 12월 9일자 〈매일신보〉

에 발표한 「송정 오장 송가」는 1944년 11월 24일 한국인 출신 소년 비행병으로 제일 먼저 가미카제 특공대로 전사한 인재웅(창씨명 송정수웅)을 추모하는 내용이다." 이 내용을 뒷받침하는 그 작품을 찾아보았습니다. 아닌 게 아니라, 거기에는 태평양전쟁을 '성전'으로 미화하는 목소리가 그대로 담겨 있었습니다. 한번 읽어볼까요?

그대는 우리의 오장伍長 우리의 자랑.
그대는 조선 경기도 개성 사람
인씨印氏의 둘째 아들 스물한 살 먹은 사내
마쓰이 히데오!
그대는 우리의 가미가제 특별공격대원
귀국대원
귀국대원의 푸른 영혼은
살아서 벌써 우리게로 왔느니
우리 숨 쉬는 이 나라의 하늘 위에
조용히 조용히 돌아왔느니
우리의 동포들이 밤과 낮으로
정성껏 만들어 보낸 비행기 한 채에
그대, 몸을 실어 날았다간 내리는 곳
소리 있이 벌이는 고흔 꽃처럼

오히려 기쁜 몸짓 하며 내리는 곳
쪼각쪼각 부서지는 산더미 같은 미국 군함!
수백 척의 비행기와
대포와 폭발탄과
머리털이 샛노란 벌레 같은 병정을 싣고
우리의 땅과 목숨을 뺏으러 온
원수 영미의 항공모함을
그대
몸뚱이로 내려쳐서 깨었는가?
깨뜨리며 깨뜨리며 자네도 깨졌는가—
장하도다
우리의 육군항공 오장 마쓰이 히데오여
너로 하여 향기로운 삼천리의 산천이여
한결 더 짙푸르른 우리의 하늘이여

—「송정 오장 송가頌歌」 중에서

이 열렬한 송가 앞에서 잠깐 아득해지는 게 어찌 나뿐이었을까. 그런데 그의 얼굴도 동시에 어둑해졌다. 시인은 무슨 생각을 하고 있을까. 역시 그는 즉답을 하기보다는, 아스라한 에피소드 하나를 통해 우회로를 택하였다.

1944년 초인가 한 무리의 문인들이 일본군 대기동 연습을 참관하러 김제 땅으로 갔어. 황토바람이 세차게 부는데 그때 내 앞에 가고 있는 비평가 최재서 선생께 내가 이렇게 말했지. "우리는 키릴로프보담 좀 나은 셈인가요?" 그런데 그 양반 말씀이 "글쎄, 역시 고단하기는 고단하군요. 지나치게 고단해요" 하는 거야. 연습이 끝난 밤 술집으로 몰려가 술을 진창 마신 후 여관에서 자는데, 최선생이 이불 속에서 뒤척이면서 소리 죽여 울기 시작하는 게 아닌가. 그리고 마침내 나를 안고 통곡을 하지 않겠나. 나도 같이 울었네. 그 울음소리가 답변이 안 되겠나?

이어서 그는 힘주어 이렇게 말한다.

하지만 나는 '친일파'나 '부일파'보다는 일본의 욱일승천지세 밑에서 '종천순일파從天順日派'로 체면하면서 살아간 것에 지나지 않아. 그렇다고 그때 내게 무슨 영광이 돌아온 것도 아니야. 1944년 봄엔가는 독립을 고취하는 연극에 관계했다는 명목으로 두 달 동안인가 구류를 살기도 했어. 이래저래 휘둘린 셈이지. 순간 '역사'니 '정의'니 하는 게 허무해지더군.

미당은 일그러진 역사에 참여했던 자신의 한때를 시대의 압력에 순응한 결과일 뿐이었다고 말했다. 어쩌면 그가 시를 쓰면서 정말 중요했던 건, 역사나 독립 같은 것이 아니었을 터이다. 그건 오히려 생존을 위한 몸부림이요, 그후에 찾아오는 근원적 초월과 달관의 직관적 순간을 아름다운 언어로 잡아채는 것이었다. 그뿐이었다. 아니 그것만이 그가 꿈꾸는, 그리고 꿈꿀 수밖에 없었던 '시詩'였다.

이러한 세계는 해방 후 본격적으로 펼쳐진다. 그의 둘째 시집 『귀촉도』는 바로 그러한 근원적 생명성을 강하게 추구한 성과이다. 이별의 한과 영원한 사랑을 그린 「귀촉도」, 새 생명의 환희를 노래한 「밀어」 등은 모두 이 시기의 작품들인데, 특별히 생명 탄생의 신비와 인고를 통한 성숙의 의미를 형상화한 「국화 옆에서」가 쓰인 것은 해방 직후라는 혼란의 시기였다. 격렬한 혼란의 때에 이렇게 고요한 시를 쓸 수 있는 것이 바로 미당이었다.

> 만약 내가 20대에 소복하고 거울 앞에 우두커니 홀로 앉아 있는 40대 여인의 모습을 보았다면 '흥! 저 아주머니는 해쓱한 게 밉상이야' 하고 한껏 비웃었겠지. 하지만 이 작품 쓸 무렵에는, 어느 샌지 거기에도 서릿발 속의 국화꽃에 견줄 만한 여인의 미가 들어 있다는 것을 새롭게 이

해하게 된 거야. 나이 탓이었나?

나는 이 작품이 일본 황실의 상징인 '국화'를 노래한 변형된 친일 시편이라는 해석에 전혀 동의하지 않는다. 과도한 역사적 상상력이라고 생각한다. 이 작품은 생명 탄생에 이러저러한 자연의 힘이 오롯하게 협력한다는 생각을 한순간의 직관으로 풀어놓은 시편일 뿐이다. 미당의 이러한 근원적 생명성 탐구는 한국전쟁을 치르면서 더욱 강화되는데, 『서정주시선』에 실린 「무등無等을 보며」는 전쟁 기간에 시인이 겪었던 극심한 개인적 고통과 사회 현실에 대해 초연한 태도를 동시에 보여주는 사례일 것이다.

그때 나는 언어장애와 자살미수 등을 겪으며 극심하게 피폐해진 영혼을 가진 상태였어. 그런데 몸이 아플 때마다, 나를 조선대학에 안내해준 시인 김현승이 어디서 구해 오는지 모르지만 몸에 좋다는 양약을 가져다주어 몸이 소생했던 기억이 있어. 나보다 두 살 위였는데, 참 고마운 양반이었지. 그 무렵 광주의 무등산은 나에게 난생처음 보는 찬란하고 아름다운 것들을 만나는 감격을 주었어. 내가 신경쇠약과 영양실조로 정신이 오락가락할 때 커다란 정신적 위안이 된 거야.

그 위안의 경험이 "가난이야 한낱 남루에 지나지 않는다"는 달관을 가져다준 것이다. 이처럼 가난한 삶이 간직하고 있는 순수성에 대한 긍정, 정신적으로 편안하고 따뜻한 삶에 대한 동경이 무등산과 '지란芝蘭'의 이미지를 통해 이 작품에는 그려져 있다. 그것은 갈맷빛, 청산, 옥돌, 청태 같은 일련의 푸른빛 이미지들의 연쇄 속에서 맑고 가벼운 정신을 향한 추구로 나타난다. 결국 여유와 의지와 사랑과 인내와 초연으로 삶의 지혜를 긍정하고 승인하라는 권고가 이 시편의 메시지이지만, 그는 전쟁 직후의 절대 빈곤이라는 민족의 극한 상황을 그 특유의 정신주의적 초월로 뛰어넘는 달관의 세계를 보여준 것이다. 이쯤 되면 이제 미당은 '역사'나 '현실'보다는 눈부신 순간의 초월을 중시하는 언어적 영매가 되어가고 있지 않았을까. 이때 그는 눈부시게 강렬한 그리움의 서정을 노래한 「푸르른 날」, 영원한 사랑과 지상적 한계를 함께 노래한 「춘향유문」이나 「추천사」, 한국인의 정체성을 추구한 「광화문」, 구도자의 염원을 담은 「꽃밭의 독백」 등을 쓴다. 화려하지 않은가. 그 영원성에 대한 추구가 빛을 발한 시집 『신라초』에 대하여 미당은 다음과 같이 말한다.

> 나이가 들어 『삼국유사』나 『삼국사기』 속의 이야기들하고 눈이 잘 맞았어. 그래서 그것들을 한문 공부하는 셈 치고 예쁜 카드들에 한 이야기씩 또박또박 정성을 다해 가

> 느다란 글씨로 옮겨 베끼고는 특별히 마음에 드는 구절엔 붉은빛을 쳐갔지. 외우고 싶은 건 외우기도 하고. 그때 내가 만들어 가지고 다닌 카드 다발이 적지 않았어. 그게 결국 '신라'의 기초가 된 거지.

미당은 이러한 정신의 극점에 또하나의 대표작 「동천冬天」을 풀어놓는다. 이 작품은 '겨울 하늘'의 초승달을 제재로 삼아, 그것을 여인의 '눈썹'으로 변형하여 님에 대한 사랑을 노래한 시편이다. 이때 여인의 '눈썹'은, 초기시의 이미지인 '피'가 변용된 것이다. 말하자면 '피'가 인간의 원초적 생명력으로 충일된 이미지라면, '눈썹'은 여인의 관능과 그 육체성의 형식을 간직한 이미지다. 가장 작은 핵, 곧 육체의 마지막 남은 핵인 '눈썹'을 즈믄 밤이나 되는 고되고도 즐거운 꿈으로 맑게 씻는 행위를 통해, 그는 마치 「자화상」에서 이슬 속의 피를 맑게 다스려나가듯이, 관능적 욕망과 고뇌를 다스려 마음속에 남은 한恨마저 떨쳐버리려 한다. 순간 그것은 지상의 인간에 속한 것이 아니라 천지만물의 윤회-거듭남의 세계에 속한 존재가 되어 천상으로 솟아오른다. 이때 비정非情의 존재인 "동지 섣달 날으는 매서운 새"마저도 그러한 '내 마음'의 정성과 그 속에 밴 시간을 알아채고 "시늉"한다는 것, 그래서 그 '달(눈썹)'을 범접하지 못하고 비켜 간다는 것이 이 작품이 던지는 메시지다.

이제 미당은 거침없이 한국 시의 장관을 하나하나 이루어나 간다. 또하나의 빛나는 성과로 기록될 시집 『질마재 신화』는, 기억 속에 전설처럼 남아 있는 토속적 일상과 세목을 눈부시게 재현한 성과가 아닐 수 없다. 그는 토속적인 심미의식과 신화적 매혹을 불어넣은 「신부」 등 수많은 명편들을 이 시집에 담음으로써 스스로 '모국어의 은하계'가 되어버린다. 그는 『질마재 신화』를 이렇게 기억한다.

> '질마재'는 항시 다정하게도 사람의 일뿐 아니라 땅과 하늘의 모든 일들이 바짝 가까이 그 낯을 드러내서 살아 있는 시간이 아직도 되어 있는 곳이야. 어렸을 때 마음에 뿌리박은 그런 일들이 어디서 좋게 여긴 무엇보다도 훨씬 큰 위안으로 나를 부르고 있는 곳이지. 여기보다도 더 나은 내 여생의 담을 곳은 없었네. 그 이야기를 담은 결과지.

말년에 그는 바로 그 고향으로 돌아온 것이다. 하지만 그 귀환도 잠시, 그는 다시 '산'과 '떠돌이'라는 화두에 집중하면서 마지막 생애의 유랑을 택한다. 그것이 『떠돌이의 詩』(1976) 이후 『늙은 떠돌이의 시』(1993), 『80소년 떠돌이의 시』(1996)에 담겨 있다. 이때 '떠돌이'는 그에게 자신의 생의 형식을 고스란히 암시하고 있는 실존적 명명임은 물론, 그 자체로 시인의 운명을 깊이 암시하고 있는 상징으로 다가왔다.

결국 미당의 시적 편력은, 강렬한 관능과 경험적 구체성을 선보였던 전기 시세계에서, 후기로 갈수록 초월과 달관의 시학으로 가파르게 경사된다. 그것을 일러 구체성의 상실을 대가로 치른 무갈등의 시학이라고 할 수 있을 것이다. 이러한 화려하고도 다양한 이력을 통해 미당은 인간과 생명 자체의 심오한 현상과 본질을 함께 투시하면서, 그것을 민족어의 뛰어난 감각과 가락으로 담아냈다. 특유의 신화적 상상력과 원숙한 모국어 구사로 자신만의 고유한 언어적 성채를 쌓아올린 것이다. 그 성채는 높고 그 성채가 드리운 그늘은 깊고 어둑하다.

뜨거운 상징, 서정주

미당이 타계한 후, 학계와 문단에서는 그를 둘러싼 뜨거운 논쟁이 벌어졌다. 그것은 먼저 한국 시의 거목을 잃어버린 일종의 추모 열기로 나타났지만, 곧바로 그가 생전에 보여준 어처구니없는 정치적 선택에 대한 비판적 목소리로 확산되어갔다. 게다가 한 유력 일간지가 '미당문학상'을 제정하는 과정에서 '황순원문학상'의 경우와는 달리 활발한 이견異見들이 오갔으니, 미당은 분명 '찬탄과 경외'는 물론이고 '비판과 청산'의 혐의도 동시에 가진 문제적 인물이 아닐 수 없다. 미당을 옹호하는 입장은 그를 평소에 스승으로 모셨던 이들이나, 미학적 가치로 그를 평가하려는 이들에 의해 폭넓게 형성되었다. 하지만 이들의 대부분은 미당의 정치적 궤적과 예술적 성과를 분리해서 평가하는 시각에서 자유롭지 못했다. 그러다가 고은에 의해 미당의 친일 경력과 독재 시대에 보여준 정치적 행보 등이 비판되면서, 시인의 시와 삶이 분리되어 평가될 수 없다는 제안이 힘을 얻기도 했다. 그의 일관된 권력지향적 체질을 두고, 시인 특유의 천진난만성에서 기인하는 것이 아니겠냐는 시각도 나타났지만, 이제 그런 식의 심정적 면죄부 부여보다는 그가 보여준 언어와 역사 감각 사이의 함수 관계를 밝히는 데 공력을 들여야 한다는 견해도 제출되었다.

미당의 시적 궤적은 모국어(민족어) 또는 지방어(방언)가 가진 시적 가능성의 최상의 구현이라는 그만의 독자적인 시사적 공적으로 남을 것이다. 전 작품을 통해 한결같이 높은 수준과 균질성을 보이며 한국 시의 예술적 성취를 한 단계 끌어올린 그 막중한 시사적 비중에도 불구하고, 미당과 그의 시를 우리가 이처럼 비판적으로 걸러내야 하는 것은, 그가 보여준 언어적 절정에 눈부셔하는 동안 '문학(시)'이라는 것이 정치적 인식과 예술적 형상의 통일체라는 사실이 망각될 수 있기 때문이다. 나아가 우리가 엄혹한 식민지 체제와 분단 체제를 살아왔다는 엄연한 사실조차 묻힐 수 있기 때문이다. 그래서 나는 이제 그의 전 작품에 대한 내밀한 독서를 통해 시와 삶 사이에 개재하는 필연적인 내적 연관성을 밝혀, 일생을 통한 그의 권력 옹호와 텍스트 내부에 존재하는 현실 관조의 상동성相同性을 밝혀내야 한다고 생각한다. 역설적으로 말해, 미당이 우리 민족 언어의 최고 절정이라는 데, 식민지 체제와 분단 체제를 치러온 우리 근대문학사의 불행이 있다고 할 수 있을 것이다. 또한 미당이 있어 우리 비평은 지루한 동어반복이 아니라 첨예한 이견들로 풍요로울 것이다. 그래서 그는 단호한 일회적 청산의 대상이 아니라, 불구적 근대를 경험한 우리 근대사에 대한 반半항구적인 반성의 자료인 것이다. 그 반성이 텍스트에 대한 내밀한 경험 속에서 이루어져야 함은 말할 것도 없다. 바로 그 미당이, 2000년 12월 24일 밤, 강남의 한 병원에서 숨을 거두었다. 눈 내리는 화이트 크리스마스였다. 그때를 그는 이렇게 기억한다.

> 내가 죽기 며칠 전인가, 큰며느리와 윤재웅, 유자효, 전옥란이 그렇게 온 것 같아. 그때 나는 희미하게나마 "윤이가 보고 싶어"라고 말했어. 윤이는 미국에 사는 내 둘째야. 급히 귀국해서 임종을 한 것 같아. 사실 나는 10월 10일 아내가 저세상으로 떠난 뒤 바로 몸져누웠어. 두 달 남짓한 짧은 투병을 한 셈이지. 10월 말쯤인가 제자이기도 한 중앙일보 이경철 기자에게 나는 "나도 시인의 축에 낄 수 있겠는가" 하고 물었어. 자네는 어떻게 생각하나?

왜 아니겠는가? 그가 '시인의 축'에 끼다니? 그는 한국 시가 도달한 최고의 미학을 구현한 사람이다. 하지만 의심의 여지도 없이, 미당은 "누이의 어깨 너머/누이의 수틀 속의 꽃밭을 보듯/세상은 보자"(「학」)라고 노래한 시인이다. 그에게 세상은, 가파른 역사나 세세한 현실의 세목으로 구성되는 어떤 것이 아니라, 근원적이고 초월적인 심미적 공간, 곧 '누이의 수틀 속의 꽃밭'에 담긴 그 무엇이었다. 그 꽃밭은 아름답지만 감동이 덜하다. 마치 백석의 후기시들이 비록 투박하지만 감동적으로 다가와서 가끔 시집을 덮고 하늘을 쳐다보는 순간을 요청하는 것과는 달리, 미당 시편은 언어적 매혹과는 달리 인간적 감동은 훨씬 덜한 세계이다. 그것이 미당의 시와 삶이 닮은 점이다. 땅에 발 딛지 않고, 조금은 곁으로 빠지면서 깊이 근원으로 침몰하는 것, 그것이 미당 시가 그이 삶을 닮아버린 원리이다. 그래서 이 어마어마한 시인은, 급기야 1987년 어느 날, 임기가 얼마 안 남은 집권자에게 「전두환 대통령 각하 제56회 탄신일에 드리는 송시」를 낭독하기까지 했다.

미당은 자신의 건강을 위해 체조와 산책과 여행을 마다하지 않았고, 기억력 유지를 위해 세계의 좋은 산들의 이름을 1625개 골라 외워 그걸 아침마다 되풀이 암송하기도 하였다. 하지만 그의 시편의 한 구절처럼, "괜, 찬, 타,"(「내리는 눈발 속에서는」) 하고 내리는 눈발 속에서 그도 저 가파르고 굴곡 많은

20세기의 세상을 건너갔다.

언젠가 미당은 "소원이 있다면 이것들이 나 사후에도 되도록 오래 어느 만큼의 독자들의 심금을 울려 가주었으면 하는 것 뿐이다"(『미당 서정주 시전집』 자서, 1983)라고 고백한 바 있다. 그 고백은 어느 정도 이루어졌다. 지금도 많은 이들은 미당이 남긴 시편들을, 그의 사후에도 여전히, 읽고 노래하고 외운다. 나는 이 뜨거운 상징을 앞에 두고, 그가 남긴 언어의 황홀 뒤로 흐르는 그의 백치에 가까운 역사 감각을 바라보면서, 새삼 그의 초월적 미학을 경험하면서, 그를 비난만 할 것이 아니라 안아들이고 가야 한다고 쓸쓸하게 되뇐다. 그 순간에도 미당은 자신에게 쏟아지는 찬사와 비판을 그저 "어디 내생에서라도/다시 만나기로 하는"(「연꽃 만나고 가는 바람같이」) 인연처럼 듣고 있었을 것이다.

윤동주와 정병욱과 광양시

얼마 전 전남 광양시에서는 윤동주문학 국제심포지엄이 열렸다. '윤동주문학 왜 광양인가?'라는 주제 아래 경상대 강희근 교수, 일본의 교토여자대학 우에노 준 교수, 그리고 내가 발표자로 나서서 윤동주문학에 대한 재해석 과정과 결과를 집중적으로 논의하였다. 더불어 광양과 윤동주가 결속해갈 생성적 가치에 대해 하루종일 열띤 논의를 이어갔다. 윤동주 시의 연원과 특성 그리고 새로운 콘텐츠로의 확장 가능성이 진지하게 모색된 자리였다.

아직까지 일반인들에게는 생소할 윤동주와 광양의 연관성이란 과연 무엇인가? 그 맥락은 이러하다. 1941년 말, 윤동주는 연희전문학교 졸업 기념으로 친필 원고 「하늘과 바람과 별과 시」를 3부 작성하여, 한 부는 자신이 가지고, 한 부는 은사인 이양하 교수께 드리고, 나머지 한 부는 문과 2년 후배 정병욱에게 건넸다. 윤동주가 타계했을 때 자신과 이양하 교수가 가지고 있던 것은 일실되었으나, 정병욱이 보관했던 원고가 해방 후에 세상에 알려지면서 우리는 윤동주라는 보석 같은 존재를 알 수 있었다. 정병욱은 1943년에 학병으로 끌려가면서 윤동주 시집 원고를 어머니께 맡기고 떠났는데, 어머니는 일제의 감시를 피하기 위해 마룻널을 뜯어 그 아래에 원고를 보관했던 것이다.

일찍이 정병욱은 이 원고를 어머니가 명주 보자기에 겹겹이 싸서 보관했었다고 기록한 바 있다. 그후 정병욱의 누이동생 정덕희가 새로운 증언을 하게 되어 사실이 바로잡히게 되었는데, 정병욱이 학병 나가느라 집에 없어서 잘 몰랐을 거라고 하면서 정덕희는 그 원고가 마루 밑에 있었다고 기억해주었다. 마룻널 아래 땅을 깊이 파서 그 속에 짚을 깐 다음 큰 독을 들여놓고, 그 안에 원고를 넣어 보관했다는 것이다. 깊이 숨겼을 뿐만 아니라, 짚으로 건조 상태가 유지되도록 한 것이다. 이 과정은 정덕희 여사로부터 직접 들은 이야기를 『윤동주 평전』의 작가 송우혜 선생이 소상하게 기록해놓은 바 있다. 정병욱은 집에 돌아와 이 원고를 다시 받아들고 뛸 듯이 기뻐했다고 한다. 이 원고는 1948년 1월 한 권의 시집으로 빛을 보게 되었는데, 이 원고가 망실되었다면 우리는 최소한 윤동주의 「서시」나 「별 헤는 밤」, 「길」, 「십자가」, 「또다른 고향」 등을 전혀 만나보지 못했을 것이다. 그야말로 우리 문학사에 윤동주라는 빛[光]과 볕[陽]을 한꺼번에 쏘아준 사건이 광양에서 일어났던 것이다. 정병욱 가옥에 보존되었던 윤동주 유고 원본은 지금 연세대학교 윤동주 기념관에 전시되어 있다.

원래 정병욱은 경남 남해 출신이고 하동에서 어린 시절을 보냈는데, 부친의 사업차 일가가 광양으로 옮겨와 살게 되었다. 고택이 있는 망덕 포구는 옛날 분들이 섬진강을 거슬러서 구례나 광양으로 나가는 길목이었다. 섬진강물이 남해바다와 합수하는 곳이기도 하다. 1925년 건물인 이 고택의 공식 이름은 '윤동주 유고 보존 정병욱 가옥'이고, 현재 등록문화재 제341호로 지정되어 있다. 이제 이 고택은 두 사람의 우정과 믿음을 문학사의 아름다운 후경後景으로 두른 채, 맑은 섬진강물처럼, 광양 밤바다에 뜬 밝은 별빛처럼 반짝거리고 있다. 매천 황현 선생의 고향이기도 한 광양은 이러한 윤동주—정병욱으로 이어지는 상징 가치에 눈을 뜨고, 한편으로는 정병욱 고택을 명소로 만들면서, 한편으로는 윤동주를 가능하게 했던 이곳의 문화적 브랜드를 차근차근 만들어갈 계획을 세우고 있다. 아마도 그것은 윤동주와 정병욱과 광양의 세 꼭짓점을 잇는 커다란 문화적·학문적 기념비가 될 것이다.

윤동주보다 다섯 살 아래였던 정병욱도 얼마 있으면 탄생

100주년을 맞는다. 자신의 호號를 윤동주의 시 「흰 그림자」에서 가져와 '백영白影'이라고 지었을 만큼 윤동주를 사랑했던 정병욱. 윤동주와 그가 맺었던 생전의 인연과 사후에도 지속되는 아름다운 관계를 광양시가 잘 이어가기를, 마음 깊이, 소망해 본다.

편운 선생님의 기억

제 기억 속에는 조병화 선생님의 편모片貌가 얼마 남아 있습니다. 그 하나는 예술원에서 역대 예술원 회원의 작품 세계를 한 권의 책으로 정리하여 펴내는 작업을 한 적이 있는데, 그때 제가 선생님의 시세계를 맡았던 일에 관한 것입니다. 저는 그때 선생님의 혜화동 집필실에 들러 선생님으로부터 썩 귀한 자료들을 건네받았습니다. 저는 그때서야 비로소 가장 가까이서 선생님과 대화를 나눌 수 있는 기회를 가졌습니다. 다른 하나는 그 인연으로 제가 2002년에 나온 평론집을 보내드렸을 때, 선생님이 매우 정갈한 필치가 담긴 엽서 한 장을 보내주셨던 기억입니다. '꿈'이라는 글자가 선명한 예쁜 엽서였습니다. 마지막 하나는 선생님이 작고하시고 나서 제가 2007년에 외람되게도 선생님 이름으로 제정된 편운문학상을 받게 된 것입니다. 이 모두가 저와 편운 선생님 사이에 있었던 찰나적 삽화일 것입니다. 사제 관계나 문단 선후배 사이로 오랫동안 교유해오신 분들에 비하면 선생님에 대한 제 기억의 육체는 이렇듯 퍽 빈약할 뿐입니다.

하지만 편운 시편에 대한 기억은 그리 가난하지 않습니다. 시집 『사랑이 가기 전에』(1955)나 「차창」, 「의자」, 「공존의 이유」 같은 인지도 높은 시편은 지금도 제 기억 속에 강렬하게 남아 있습니다. 『貝殼의 寢室』(1952) 서문에 나오는 "식민지의 등대"라는 표현도 선연합니다. 선생님의 지속적인 화두였던 사랑, 위안, 어머니, 고향, 보헤미안, 고독, 허무 등도 여전히 아름답게 번져옵니다. 제가 생각하기에, 편운 시학의 중심은 아마도 인생에 대한 성찰과 그에 대한 위안으로 모아질 것입니다. 삶에 대해 그리고 그것의 궁극적 의미에 대해 끊임없이 질문을 던지셨던 선생님은, 평이한 상징과 비유가 담긴 담담한 어조를 통해 삶의 고독과 무상 그리고 머물 수 없는 근원적 유랑 의식을 노래하셨습니다. 그것이 선생님의 그 숱한 여행 시편으로 육화되었던 것이겠지요. 그러면서도 대상에 탐닉하는 감상 과잉의 시세계를 경계하시면서, 선생님은 차분한 관찰자로서의 목소리를 통해 존재론적 고독과 자기 위안의 과정을 낮은 목소리로 들려주셨습니다. 또한 선생님이 택한 시적 대상은 역사적 상상력이 아니라 보편적 인간이 겪는 일상과 내면의 감각에서 발원하는 것이 많았습니다. 삶에 대한 외경에 근거를 둔 존재론적 고독과 그 고독을 견디며 자기 위안의 과정으로 나아가는 구조를 일관되게 취했던 까닭일 것입니다. 어느새 10주기를 맞아 저는 이러한 편운 시학의 자취를 통해 선생님에 대한 격정적 추모 대신에 선생님과의 차분한 만남의 시간을 가져보고 있습니다.

마광수, 슬픈 순수

그리움과 미안함으로

지난 목요일 아침, 마광수 교수의 영결식이 있었다. 스스로 슬픔의 강물에 젖어버린 한 영혼을 향해, 너무도 드릴 말씀이 많고 또 그럴 수 있으리라 생각했지만, 나는 그저 그곳에서는 외롭지 않고, 힘들지 않고, 아프지 않고, 부디 자유롭게 글 쓰고 그림 그리고 사시길 바라는 마음만 또렷할 뿐이었다. 하지만 선생을 생각할 때마다 그 많은 인생 굴곡을 떠올리지 않을 수는 없었다. 지금 우리보다 까마득하게 젊으셨던 시절 스승으로 오셨을 때, 연세대학교 인문관 2층 연구실은 우리의 상담소요 휴식처요 세미나실이기도 했다. 그곳은 선생의 탄탄했던 논문들이 생성된 곳이요, 한 많은 여인 '사라'가 탄생한 곳이기도 하다. 그 과정에서 우리는 선생을 많이 사랑했고, 많이 안타까

워했고, 때로는 짐짓 멀리했고, 선생의 말년을 그리도 고독하게 두기도 했다. 저마다의 기억의 용량과 밀도가 다르겠지만, 많은 이들에게 선생은 그렇게 고유한 빛이자 빚으로 남아 계실 것 같다. 어쨌든 선생은 천하의 명강사였고, 유머와 페이소스를 섞어 명언들을 많이 남겼다. 선생의 생각에 동의하지 않던 학생들도 선생의 사고방식과 자유로움 그리고 해박한 섭렵과 표현에는 고개를 숙였던 것을 기억한다. 빈소가 그다지 초라하지 않았던 것은, 그분에 대한 그리움과 미안함이 모두에게 있기 때문이었을 것이다. 명복이라는 것이 있다면, 선생께서 많이 누리시길, 마음 깊이, 빌어본다.

시의 '바깥'에 있었던 시

마광수 문학을 구성하는 인자因子는 생각 밖으로 중층적이다. 정신분석, 동양철학, 한방의학, 상징론, 카타르시스 등 그의 문학을 규율하는 사상이나 방법의 기제들이 퍽 다양하기 때문이다. 이러한 사상과 방법을 통해 그동안 그는 시, 소설, 에세이, 작가론, 문학 이론, 문화 비평 등 다양한 논리적·미학적 발화를 계속해왔다. 하지만 그 가운데 가장 깊은 문학적 수원水源은 '시'였을 것이다. 그는 시를 통해 문단에 나왔고, 시를 연구하여 박사학위를 받았고, 대학에서도 줄곧 시를 강의해왔고, 시집 『광마집』(1980), 『귀골』(1985), 『가자 장미여관으로』(1989), 『사랑의 슬픔』(1997) 등을 통해 자기 각인을 해오던 터였다. 그래서 마광수 앞에 붙는 여러 에피셋 가운데, 우리는 '시인 마광수'를 그의 문학적 원천으로 생각할 수 있다.

물론 그가 현실적 삶의 변화를 지향하는 리얼리스트의 입장에서 시를 쓴 것은 아니다. 오히려 그는 꿈이 없는 현실은 무의미하고, 꿈과 환상이야말로 현실의 억압 기제를 상상적으로 해소하고 새로운 현실을 개진하는 원동력이라고 생각했다. 그래서 그의 시적 언어들은 한결같이 꿈을 통한 '상상적 현실'로 변화한다. 그 '상상적 현실'을 구성하고 있는 것이 바로 관능적 사랑, 유미주의적 쾌락, 페티시즘, 낭만적 허무 등이었다. 이같이 다양한 욕망들을 그는 '시'라는 상상적 질서를 통해 대리 배설함으로써 일종의 카타르시스적 욕망을 추구하려 했다. 그래서 그의 시는 궁극적으로 '꿈'을 통한 즐거운 '상상적 놀이'가 되었던 것이다.

마광수의 시는 '가면을 벗은 솔직성'에 근본적인 바탕을 두고 있다. 그래서 그는 서정시가 가지는 복합적 형상화 방식을 배제한 채 관능과 낭만을 직접 발화의 형식으로 표현했다. 여기서 우리는 그의 시가 오랫동안 '몸(육체)'의 미학을 추구해왔다는 사실에 주목하는데, 이는 근자에 유행 담론으로 부상한 '몸' 시학을 그가 선구적으로 천착해왔다는 것을 증언한다. 그런데 그의 담론은, 서구적 의미에서의 탈근대적 '몸' 담론과는 달리, 정리겸고情理兼顧를 이상으로 하는 문학론에 바탕을 두고 있다. 이는 카타르시스의 실제적 효용이라는 마광수 고유의 문학론이 반영된 결과일 것이다.

이때 그가 추구하는 상징적 다원성은 다의적 모호함을 통해 진리를 계시하는 '상징'의 속성에 크게 빚지고 있다. 상징을 통해 전근대적인 유형무형의 이데올로기적 집착과 중세적 봉건 윤리에 탄력과 융통성을 불어넣으려는 것이 그의 시학적 욕망이었기 때문이다. 또한 그는 카타르시스를 예술적 효용의 최상 가치로 보았는데, 그것이 심미적 차원이 아니라 실용적 차원에서 추구되고 있다는 점이 특징적이다. 물론 이러한 발화 방식은, 그의 시로 하여금 계몽을 반대하는 역逆계몽의 양식을 취하게 하는 특성을 지닌다.

하지만 마광수의 시는 시의 '바깥'에 있었다. 아니 오히려 그 숨겨진 '안쪽'이었는지도 모른다. 그 '바깥/안쪽'에서 마광수의 심층적 욕망과 언어는 풍요롭고도 자유로운 접점을 형성하면서 시적 몽상의 공간을 확장하였다. 비록 그가 추구해온 성적 담론들이 지속적 반복으로 인해 짙은 피로감을 보였던 면도 없지 않지만, 메타적 차원에서 볼 때 그가 보여준 시적 몽상의 지속성과 가능성은 우리 시사의 낯설고도 이질적인 층위로 기억될 것이다. 그 결실이, 굴곡 많았던 그의 삶에, 시인으로서의 그의 남다른 자의식에 커다란 위로와 회복의 언어가 되어 오래 남아

주기를, 정말이지, 바란다.

학계와 비평계의 '차가운 감자'

마광수를 둘러싼 이미지는 모노크롬에 가깝다. 그것은 그에 관한 평판들이 대부분 '야한 여자'나 '장미여관', '사라' 등 작품 표제들로 상징되는 폐쇄 회로에 갇혀 있기 때문이다. 더구나 소설 『즐거운 사라』(1992) 필화 사건이나, 그로 인한 이러저러한 저널리즘적 반응들은 이러한 단색 이미지를 착근시킨 데 결정적 계기를 부여하였다. 아닌 게 아니라 마광수 문학은 낱낱 작품들에 대한 정밀한 경험적 독서보다는 이러한 선험적 이미지들의 단순 재생산을 통해 이해되어왔다. 그러나 이러한 고정관념이 굳어져가고 있는 한편, 다른 한켠의 엄연한 그의 몫이 있음을 잘 아는 이 역시 적지는 않았다. 가령 『왜 나는 순수한 민주주의에 몰두하지 못할까』(1991)나 『운명』(1995) 등에 나타난 인생론적·사회비평적 안목이라든가, 『상징시학』(1985)이나 『마광수문학론집』(1987), 『카타르시스란 무엇인가』(1997) 등에 반영된 독자적인 연구자적 개성 역시 빼놓을 수 없는 그의 영역이었기 때문이다. 더불어 그가 한국 학계에서 가장 대표적인 윤동주 연구자 중의 한 사람이라는 사실 또한 숨길 필요가 없을 것이다.

그러나 이같이 다양한 지적 편력을 보인 연구자에게 쏟아진 비평적 언어는 참으로 미미하기 짝이 없다. 어쩌다 간혹 있는 그에 관한 논의 역시 합리적 논리를 근간으로 하는 '비평적 언어'라기보다는 논리적 여과를 거치지 않은 감성적 언어만이 무성할 뿐이다. 이처럼 다른 이들에 비해 왕성하다못해 정력적으로 활동해온 그의 문필 활동은 사실 엄정한 의미에서의 비평적 검토나 평가의 반열에 들지 못했다. 마광수는 그만큼 학계와 비평계에서 언필칭 '차가운 감자'이다. 왜 '차가울' 수밖에 없을까? 이처럼 모두가 합의한 듯한 일관된 냉담과 침묵의 의미는 무엇일까? 우리는 그에 관한 변변한 작가론 하나 없는 것 같은 일관된 무반응과 홀대가 그의 학문적 영역에 대한 평가절하로 등치되는 데 대해서는 수긍하기 어렵다. 그가 가지고 있는 함량과 확장 가능성에 비해 그러한 차가움이 부당하다는 판단 때문이다.

영혼이 가볍게 날아오르기를

우리가 마광수 문학에서 만나는 가장 인상적인 긍정적 덕목은 그의 문장일 것이다. 아닌 게 아니라 그는 퇴고에 퇴고를 거듭하여 깨알 같은 글씨로 원고지를 채워나갔다. 또한 그의 글은 아카데미즘이 불변의 약호처럼 동의해왔던 개념어 더미에서 멀찍이 벗어나 있다. 물론 학술적 내용의 책에서 개념어를 삼가는 것 자체가 상찬될 수는 없다. 그러나 그의 일관된 문장관은 일단 비문이 없어야 하며, 불가해한 개념으로 치장되어서는 안 된다는 것에 있었다. 그래서 그의 문장은 경쾌하고 정확하다. 이것이 경박하다는 혐의와 등가를 이루지는 않는다는 것은 자명하다. 알기 쉽고 충분히 좋은 의미로 대중화되어 있다는 뜻이다. 그리고 마광수 문학에서 또 중요한 것은, 탐미적 상상을 통해 인간 욕망을 순치하고 나아가 건강한 생활로 이월해 가는 실제적 효용론에 있을 것이다. 물론 그의 문학에 한계가 없는 것은 아니다. 담론의 이론적 심화를 더 밀어가지 못하고 일종의 동어반복에 머무른 한계 같은 것일 터이다. 하지만 우리는 이제 그에 관한 일방적 치지도외를 벗고 그의 문학적 성취와 가능성과 한계에 합당한 비평이 하나둘씩 고개를 내밀기를 바라마지 않는다. 인격적으로 친절하고 자상했던, 하지만 누구보다도 심약하고 외로웠던 슬픈 순수의 영혼이, 오랜 병고와 환멸을 벗고 가볍게 날아오르기를 빌면서 말이다.

황현산의 비평을 기억하며

황현산 선생이 최근에 별세했다. 한국문화예술위원장을 지낸 분이지만 우리에게는 비평가로, 번역가로, 산문가로 깊이 남을 분이다. 요즘 팔순 넘어서도 열정적인 문필 활동을 펼치시는 분들이 많은데, 70대 초반이신 선생의 타계는 애석하기 짝이 없다. 산문집 『밤이 선생이다』(2013)가 유례없이 젊은층의 호응을 얻었고, 트위터나 칼럼들을 통해서도 많은 이들의 공감을 얻은 필치를 선생은 세상에 깊이 남겼다. 얼마 전에 펴낸 산문집 『사소한 부탁』은 결국 유작이 된 셈인데, 거기서도 선생이 보여준 해박하고 단정하고 날카로운 식견과 통찰과 문장은 우리 산문 문학의 한 정점이 되고도 남을 것이다. 스스로는 부정했지만, 선생의 탁월한 경륜과 심오한 철학이 새로운 차원의 산문 읽기 경험을 허락한 것이다.

그러나 무엇보다도 선생은 '비평가'로 남을 것이다. 황현산의 비평의 개성은 텍스트의 기표와 흐름과 궁극을 어느 것 하나 놓치지 않고 따라잡는 미학적 집념과 성실성에서 비롯된다. 선생의 비평은 텍스트에 대한 평면적 해석에 머무르는 경우가 거의 없다. 동어반복에 가까운 해설 편향의 비평 풍토에서도 선생은 거리가 멀다. 섣부른 논쟁 위주의 비평 관행에서도 선생은 자신을 고독하고도 서늘하게 지켜가는 파수꾼이자 불침번임을 자임하였다. 그만큼 선생은 문학 자체를 들여다보고 그것을 자신만의 문장으로, 흐름으로, 체온으로 감싸안아 표현한 비평가였다. 하지만 이러한 규정이 선생을 문학지상주의자로 만들지는 않는다. 선생은 누구보다도 상황의 독법에 공을 들이는 비평가였고, 문학이 미학적 고투의 산물임을 이해하는 만큼, 문학이 사회역사적 맥락을 품고 있는 실체임을 잘 알고 있었기 때문이다. 다만 선생은 텍스트를 상황의 평면적 반영으로 보는 시각에서 자유로운, 큰 품과 눈을 가진 비평가였을 뿐이다.

천천히 선생의 노작 『우물에서 하늘 보기』(2015)를 펼쳐본다. 여기서도 선생은 개개 시편에 담긴 주제와 방법과 시선과 그늘까지 읽어내는 열정을 마다하지 않음으로써, 텍스트에 새겨진 정서가 존재의 본디 모습을 보여주는 동시에 사회적 맥락에서 분출되는 것임을 설명하였다. 그래서 시인들의 눈물과 울음의 미학을 구조 차원이든 성정 차원이든 모두 선명하게 규명해

내면서, 그 정서적 조건들을 앙양해내는 시인들의 고유한 언술 방식에 대해서도 눈길을 늦추지 않았다. 더불어 선생은 상호텍스트적인 문법들을 다양하고도 꼼꼼하게 파악하고 설명해냄으로써 풍요로운 시 읽기의 한 전범을 보여주었다. 우리는 이처럼 단단하고 물샐 틈 없는 선생의 연금술이야말로 우리 비평의 한 진경이었다고 말할 수 있다. 거기 실린 몇 마디에 귀기울여보자.

> 아름다운 것은 슬픈 것에서만 찾을 수 있었다. 슬픔이 아름답기 위해서는 거기에 원한이 섞여 있지 않아야 하겠지만, 함께 울자고 말할 수도 없고 편히 가라고 말할 수도 없다. 가슴에 묻자니 가슴이 좁고 하늘에 묻자니 하늘이 공허하다. 이 언어의 무능함과 마음의 무능함이 대낮에 두 눈을 뜨고 그 수많은 생명들을 잃어버린 한 나라의 무능함과 같다. 잘 가라, 아니 잘 가지 말라. 이렇게 쓰는 만사輓詞가 참으로 무능하다.

슬픔을 아름다움의 결정으로 이해한 이들은 심미주의자들이었을 것이다. 하지만 황현산 선생은 우리 시대의 비극 앞에서, 맑고 순결한 슬픔이 아니라, '만사'라고 불러야 할 상실감이 온통 그 슬픔을 감싸고 있음을 증언한다. 그만큼 선생은 자신의 현실인식을 꾸준히 심화하면서, 언어예술로서의 시를 읽어내는 충실성을 동시에 예각화해갔다.

우리는 가끔씩, 황현산의 비평을 거치고 나서야 비로소, 텍스트의 상황과 심연을 동시에 바라볼 수 있는 기회와 욕구를 얻어왔다. 이제 그러한 비평을 어디서 만날 수 있을까. 비평이 텍스트의 우호적 후경에 머물지 않고 경험적 지남指南이 되기도 하는 장면을, 선생은 여러 번 선사해주지 않았던가. 못내 그리울 것이다.

비극적 세계를 향해 던진 치열한 언어

지난 3월 7일 우리는 기형도의 30주기를 맞았다. 그를 생각할 때마다 자연스럽게 윤동주가 떠오르는데, 두 사람은 다닌 대학이 같고, 유고시집 한 권으로 시인으로서의 자기 존재를 세상에 알렸으며, 엇비슷한 나이에 타계한 공통점을 가지고 있기 때문이다. 또한 이들의 유고시집은 한국 시 전체에서도 단연 우뚝한 기념비로 남았다. 그 기념비에는, 때 이른 죽음에 대한 애도는 물론, 이렇게 시 잘 쓴 시인을 우리가 몰랐구나 하는 뒤늦은 발견의 흔적 같은 것이 새겨져 있었을 것이다. 하기는 이들이 발견되기 전에는 한국 시에 '윤동주적'인 것도 '기형도적'인 것도 존재하지 않았다. 유고시집 이후로 우리도 '이런 시인'을 가지게 되었노라는 기쁨이 이들에 대한 각별한 관심과 반향으로 이어져갔을 뿐이다.

기형도는 1990년대 이후 가장 폭넓고 강력한 감염을 받은 계열체를 파생시킨 시사적 사례이다. 그 맥은 '신서정'에서 '미래파'에까지 이어져 있으며, 최근 활달하게 각개 약진하는 새로운 서정시의 전위들에게도 일정하게 닿아 있다. 이러한 진원지가 되었던 『입 속의 검은 잎』(1989)은 타계 후 3개월여 만에 출간되었는데, 발문을 쓴 김현이 그의 시를 귀납하여 '도저한 부정성'의 세계라고 집약한 이래 이 시집은 가난한 청춘을 통과해온 이들에게 한 시대의 비가悲歌로 깊이 각인되기 시작하였다. 당대 현실에 대한 일정한 비판 의식과 시인 스스로의 내면에 대한 정직한 투시의 토양으로 안착되었던 것이다.

그는 한 「시작 메모」에서 "나는 한동안 무책임한 자연의 비유를 경계하느라 거리에서 시를 만들었다. 거리의 상상력은 고통이었고 나는 그 고통을 사랑하였다. 그러나 가장 위대한 잠언이 자연 속에 있음을 지금도 나는 믿는다. 그러한 믿음이 언젠가 나를 부를 것이다. 나는 따라갈 준비가 되어 있다"라고 적었다. 그리고 그는 이 치명적 잠언 속으로 스스로 빨려들어갔다. 안개 자욱한 하늘은 따라갈 준비가 되어 있는 그를 냉큼 불렀다. 비극적 세계를 향해 던진 그의 치열했던 언어는 한 권의 유고시집 형식을 갖추게 되었고, 이 시집은 그의 오롯한 삶과 죽음과 시를 우리로 하여금 깊이 기억하게끔 해주었다. 그만큼 그의 시는 가난했던 유년기와 청년기를 살아간 당대 독자들의 경험과 감각을 여실하게 보여준 시대적 축도縮圖로 다가왔고, 이 점은 두고두고 후배 시인들의 폭넓은 자양이 되었을 것이다.

기형도는 일찍이 가난과 가족의 죽음 등으로 인한 공포와 상처를 경험하였다. 투병중인 아버지, 생계를 책임진 어머니와 누이들, 세상을 등진 누이와 삼촌 등은 기형도의 세계관에 큰 영향을 주었다. 이런 어둑한 유년에 대한 기억은 「위험한 家系·1969」에서 선명한 가족사를 동반한 채 펼쳐진다. 가난에 대한 가장 구체적인 서사를 담은 명편으로 기록될 이 산문시편은, 기형도의 죽음에 대한 의식과 세계에 대한 부정성을 형성하게 한 원체험이 어떤 것이었는지를 잘 보여준다. 그 안에서 우리는 영민했던 한 소년이 고통과 가난을 통해 성숙해가는 드라마를 만나게 되고, 마지막에 "불빛 불빛 불빛"이 생각을 밝히는 면도 놓칠 수 없게 된다. 그런 양면성 때문에 독자들은 기형도를 통해 절망도 하고 위안도 받았을 것이다. 이때 기형도는 20대 청년이었지만, 의식 한구석에서 늙음, 소멸, 죽음, 저편 등 자신의 나이와 어울리지 않는 차원을 열어갔던 것이다.

무언가 그로테스크[奇]하고 조금 일그러져 있으면서도 어떤 길을 지향해가는 듯한 기형도의 이름은, 비록 통계에 잡히는 것은 아니지만, 우리 심장에 와서 호소하는 힘을 남다르게 가지고 있지 않을까 생각해본다. '기형도문학관'이라고 붙여놓으니까, 역시 그의 이름이 고유명사를 넘어 일반명사까지 되는구나

하는 생각도 해본다. 생전의 기형도는 시집 제목으로 '정거장에서의 충고'와 '길 위에서 중얼거리다'를 생각해두었다고 전해진다. 이제 그가 우리에게 들려준 '충고=중얼거림'은 새로운 시대의 독자들로 더욱 호소력 있게 번져갈 것이다. 그렇게 짧은 생의 치열한 기록으로 남은 그의 시를 읽어보는 아침이다.

그들의 탄생 100주년을 생각하며

윤동주 강연 하던 날

나는 비교적 늦은 나이에 처음 미국에 갔다. 지금으로부터 10년 전쯤 미국 동부 워싱턴디시와 뉴욕에서 소박한 강연 일정을 가질 기회가 있었기 때문이다. 인천공항을 떠나 도쿄에 들러, 나는 일본의 평론가 아이자와 가쿠愛澤革 선생을 처음 만났고, 그분과 함께 다시 비행기에 올라 미국을 향했다. 그때 아이자와 선생은 내게 송우혜 원작의 『윤동주 평전』을 번역하는 중이라고 인사를 하였다. 아이자와 선생은 2009년 일역日譯을 완성하여 출판사 후지와라쇼텐藤原書店에서 두툼하게 책을 출간하였고, 내게도 우정의 표시로 책을 보내주었다. 그 책을 받는 순간, 나는 아이자와 선생이 원저자인 송우혜 선생께 보냈다는 편지의 한 구절을 새삼 떠올리게 되었다.

저는 이렇게 믿고 있습니다. '윤동주의 시와 그 생애를 제대로 생각하기를 계속하면 거기에는 역사와 인간에 관한 중요하고 의미 깊은 과제가 잇달아 드러나는 것을 알게 되겠다.' 그런 의미에서는 윤동주는 많은 사람들이 각각 자기의 참다운 생각을 따져야 하는 씨름판(말을 바꾸면 매체)이라고도 할 수 있고 이렇게 해서 윤동주를 둘러싸고 사람들 각각의 참 목소리가 서로 메아리치는 판을 이룰 수 있었으면 좋겠다고 생각합니다. 송우혜 선생의 『윤동주 평전』은 제가 생각을 진전시키려 할 때 늘 그 위치를 확인하기 위한, 없으면 안 되는 등대입니다.

일본인들의 이 지독한 역설로서의 윤동주에 대한 사랑은 한없이 우리를 아득하게 한다. 어쨌든 이러한 '등대'로서의 가치를 지닌 『하늘과 바람과 별과 詩』 정음사 초판이 세상에 나온 지도 70년이 다 되어간다. 이런 기억을 떠올리는 까닭은, 그때 워싱턴과 뉴욕에서 아이자와 선생과 내가 하기로 한 강연 주제가 '윤동주'였기 때문이다. 이제 내년이면 윤동주 탄생 100주년이 된다. 그는 그렇게 '1917-1945'의 생애를 살다가 불멸의 영원이 되었다. 그의 나이 스물아홉이었다.

또다른 1917년생

그런데 도착한 다음날 강연을 앞둔 오후에 그곳 교포문인 한 분이 앨링턴 묘지를 가보자고 했다. 나로서는 특별히 존 F. 케네디가 재클린과 함께 누워 있을 묘역을 육안으로 보고 싶었다. 아니나 다를까, 우리가 다다른 깊숙한 곳에 케네디 부부가 누워 있고, 그 묘석에는 케네디의 생몰 연도인 '1917-1963'이 선명하게 새겨져 있었다. 두루 알려져 있듯이, 케네디는 1963년 11월 22일 링컨 컨티넨털을 타고 텍사스주 댈러스에서 퍼레이드를 하다가 정오 무렵 오스월드라는 사내가 쏜 총을 맞고 죽음을 맞았다. 케네디는 부인 재클린이 보는 바로 앞에서 머리에 총을 맞고 죽었던 것이다. 케네디 암살범으로 기소된 오스월드는 그해 11월 24일 아침 텍사스 경찰서 지하에서 잭 루비라는 나이트클럽 경영자의 총에 맞아 죽었다. 이 사건은 마피아 소행이라는 설, CIA의 공작이라는 설, 소련이 배후에 있다는 설 등이 떠돌다가 한 광신자의 단독 범행으로 결론이 났다. 그때 재클린은 남편의 피로 얼룩진 옷을 그대로 입은 채 그 옆을 지켰고, 미국은 이 잔혹한 살인에 대해 전례가 없는 추모 열기를 보였다. 존의 장례식은 11월 25일 앨링턴 묘지에서 엄수되었고, 그는 그렇게 미국의 영원한 '젊은 심장'으로 남았다. 그의 나이 마흔일곱이었다.

그때 나는 케네디 암살 사건을 다룬 올리버 스톤의 영화 〈JFK〉를 떠올리고 있었다. 케빈 코스트너가 주연한 이 영화는, 케네디의 죽음을 둘러싼 정치적 맥락을 그 이후 터진 월남전과 관련지어 해석하였다. 영화는 케네디가 죽지 않았더라면 베트남전은 일어나지 않았을 수도 있었고, 결국 케네디의 죽음은 군수산업과 관련 있는 자들의 이해관계가 반영되어 있을 것이라는 암시를 남겼다. 그 영화의 여운이 남아 있던 터라, 존과 재클린의 묘역은 내게 커다란 인상을 주었다. 하지만 정작 내게 그 순간 꽂힌 것은, 묘석에 새겨진 '1917-1963'이라는 숫자였다. 그날 저녁 강연할 윤동주와 케네디가 동갑이었기 때문이다. 아, '이들이 같은 1917년생 뱀띠로구나!' 이런 생각이 머리를 스쳤다.

또 한 사람의 1917년생

바로 그때 나는 또 한 사람의 1917년생을 생각했다. 어릴 적, 케네디와 동갑으로 분명하게 알고 있었던 박정희였다. 박정희는 1961년 군사정변 직후 최고 권력기관이었던 국가재건최고회의 의장 시절 백악관을 방문하여 케네디를 만났다. 마흔다섯의 젊은 두 정상이 회담을 가진 것이다. 박정희는 1963년에 창당된 민주공화당에 입당하여 총재에 추대되었고, 그해 10월 15일 제5대 대통령선거에서 윤보선을 근소한 차이로 누르고 대통령

이 되었다. 여론의 격한 반대에도 불구하고 경제 발전에 필요한 외자 확보를 위해 한일협정에 조인하였고, 1965년 국회 비준을 거쳐 한일 간 국교를 정상화하였으며, 베트남전쟁 파병을 단행하였다. 한일국교 정상화와 베트남전쟁 파병은 여론의 거센 비판을 받았으나 그는 그것을 뚫고 나갔다. 이를 통해 얻은 경제 성과는 보릿고개라는 절대빈곤으로부터의 탈출이었으며, 지금도 이는 그의 대표적 업적으로 평가되고 있다. 그는 유신 시대를 열어 장기집권에 들어섰고, 새마을운동과 녹화사업을 주도하였고, 아내 육영수 여사의 죽음을 경험하였다. 1979년 10월 26일 부마사태 수습책을 둘러싼 차지철과 김재규 사이의 언쟁 도중 김재규에게 피격당해 죽음을 맞았다. 18년 동안의 철권통치가 원치 않은 비극으로 막을 내리는 순간이었다. 그는 그렇게 '1917-1979'의 길지 않은 생을 마쳤다. 그의 나이 예순셋이었다.

탄생 100주년을 맞아

나는 그날 강연 주제를, 그냥 '윤동주'에서 '윤동주와 케네디와 박정희'로 바꾸었다. 동갑내기 세 사람을 통해 '삶/죽음/역사'를 이어볼 생각이 순간적으로 든 것이다. 아닌 게 아니라 이들 셋의 공통점은 출생 연도뿐만 아니라, 각기 맞은 비극적 죽음에도 있었다. 윤동주의 죽음에는 제국주의가 식민지를 지배해온 폭력의 역사가 어른거리고, 케네디의 죽음에는 전쟁을 통해 부富를 축적해온 검은 손들이 저지른 폭력의 역사가 착색되어 있고, 박정희의 죽음에는 권력과 탈권력의 갈등 관계 혹은 독재의 비극이라는 근대사의 한계가 묻어 있었다. 결국 그날 저녁 나는 '윤동주의 시詩'에서 주제를 한국과 동아시아와 세계의 역사로 아득하게 확장하였고, '삶/죽음', '전쟁/평화', '권력/민주주의' 같은 고전적 명제에 대한 사유도 서툴게나마 곁들일 수 있었다.

내년이면 우리는 윤동주와 박정희와 케네디의 탄생 100주년을 맞는다. 윤동주는 지금 소녀상이나 위안부 협정이 주는 여전한 제국의 그림자를 어떻게 보고 있을까? 케네디는 도널드 트럼프의 대통령 당선이 몰고 올 '미국우선주의'를 어떻게 보고 있을까? 박정희는 딸의 저 벼랑 끝 위기를 어떻게 보고 있을까? 윤동주의 시가 다시 한번 귀를 울린다.

> 등불을 밝혀 어둠을 조금 내몰고,
> 시대처럼 올 아침을 기다리는 최후의 나,
>
> 나는 나에게 적은 손을 내밀어
> 눈물과 위안으로 잡는 최초의 악수.

—「쉽게 씌어진 詩」 마지막 두 연

과연 윤동주가 기다리던 "시대처럼 올 아침"은 눈물과 위안으로 우리를 찾아올까? 영화 〈JFK〉에서 짐 개리슨 검사가 사자후를 토하는 마지막 대사가 떠오른다. "우리는 어릴 때 '정의'라고 하면 배운 말이 있죠. '정의는 언제나 승리한다.' 그러나 나이가 들면서 그게 얼마나 어려운 일인지 알게 되죠. 정의는 늘 권력으로부터 심한 위협을 받기 때문에 권력과 싸우는 게 힘들죠." 정의와 권력의 화두가 급류처럼 흘러가는 지금, 다시 한번 1917년생 동갑내기 윤동주와 케네디와 박정희의 너무도 달랐던 삶과 죽음을 생각해본다. 이들의 탄생 100주년은 과연 어떻게 찾아올까?

5부

부재하며 현존하는

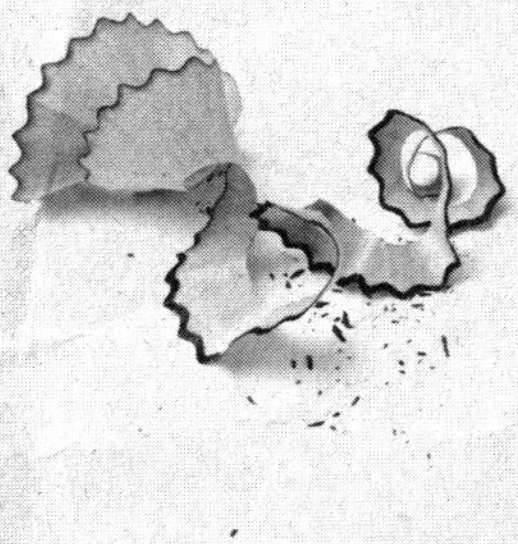

섭리와 운명 사이의 생성적 지혜

30여 년 전에 개봉된 밀로스 포먼 감독의 영화 〈아마데우스〉는 천재 음악가를 질투했던 한 궁정음악가의 생애를 다루어 우리에게 깊은 기억을 안겨준 바 있다. 왕실의 궁정음악가 살리에리는 천재 작곡가로 소문이 난 모차르트의 연주를 듣고는 그가 천재라는 것을 직감적으로 알아챘다. 하지만 그 천재는 참으로 오만방자했고 여성들을 희롱하거나 비속어를 남발하는 등 한마디로 미성숙한 철부지의 모습을 하고 있었다. 그 철부지가 천부적인 음악적 소질을 가졌다는 사실을 한눈에 알아본 살리에리는, 정작 자신에게는 그러한 재능을 주지 않은 신神에 대한 항의와 절망으로 모차르트에 대한 한없는 적대감을 키워간다. 그 결과 살리에리가 의도적으로 모차르트를 파멸시켜간다는 것이 영화의 대체적인 줄거리이다. 이때 살리에리가 외친,

"신이시여, 주께선 제게 갈망만 주시고 절 벙어리로 만드셨으니, 말씀해주십시오. 만약 제가 음악으로 찬미하길 원하지 않으신다면 왜 그런 갈망은 심어주셨습니까? 갈망을 심으시곤 왜 재능을 주지 않으셨습니까?" 하는 마지막 대사는, 자신의 재능에 온전히 만족하지 못하는 모든 예술가들의 공통적 외침이 되기에 족한 것이었을 게다. 재능에 대한 감별력은 주었지만 정작 그것을 펼칠 능력은 주지 않은 신의 처사에 대한 항변은, 그것이 섭리이든 운명이든 예술가가 견지하는 욕망과 재능 사이의 관계와 함께 우리 모두에게 주어진 천분의 불가항력성을 다시 한번 생각하게끔 해준다.

이와 함께 떠오르는 소설이 최인훈의 단편 「라울전」이다. 최인훈은 「광장」이라는 작품을 통해 본격적인 분단소설의 출발을 알린 우리나라의 대표 작가이다. 「광장」에서 작가는 북쪽 사회가 가지는 폐쇄성과 집단의식의 강제성을 비판하고 동시에 남쪽의 사회적 불균형과 자유방임에 가까운 개인주의를 고발하였다. 그런 최인훈이 「광장」 한 해 전인 1959년에 발표한 소설이 「라울전」이다. 주인공인 라울과 사울은 석학의 문하에서 함께 공부하여 랍비가 된 동급생 친구이다. 라울이 학구파이고 신중한 사람이라면, 사울은 성깔 있는 한량에 가까운 편이었다. 라울은 나사렛 예수의 소문을 듣고서 그가 메시아일 수도 있다는 생각을 품어보지만, 사울은 바로 예수를 탄압하기 시작한다. 그런데 정작 부활한 예수는 라울이 아니라 사울을 찾아가 그를 회심시킴으로써 사도로 삼는다. 이때 라울은 "신은, 왜 골라서, 사울 같은 불성실한 그리고 전혀 엉뚱한 자에게 나타났느냐? 이 물음을 뒤집어놓으면, 신은 왜 나에게, 주를 스스로의 힘으로 적어도 절반은 인식했던! 나에게, 나타나지를 아니하였는가?"라는 말로 항변한다. 이는 그대로 궁정예술사 살리에리의 외침을 닮았다. 이때 사울은 성경의 비유를 들어 "옹기가 옹기장이더러 나는 왜 이렇게 못나게 빚었느냐고 불평을 한들 무슨 소용이 있으랴. 옹기장이는 자기가 좋아서 못생긴 옹기도 만들고 잘생긴 옹기도 빚는 것이니"라고 일갈함으로써 신의 의지에 따른 섭리의 전권을 다시금 설파하게 된다.

이 두 편의 예술적·종교적 서사 앞에서 우리는 다시 한번 신의 섭리와 인간의 운명 같은 불가항력적인 힘에 대해 생각하게 된다. 살리에리와 라울의 운명과 항의 속에서 인간의 한계와 고뇌에 대해 생각하게 되기도 한다. 이처럼 섭리와 운명 사이에서 자신의 존재방식을 상상하는 모든 이들에게 백석 시편 「흰 바람벽이 있어」의 마지막 구절은 매우 융융한 시사를 던져준다. 백석은 이 아름다운 작품에서 "하늘이 이 세상을 내일 적에 그가 가장 귀해하고 사랑하는 것들은 모두/가난하고 외롭고 높고 쓸쓸하니 그리고 언제나 넘치는 사랑과 슬픔 속에 살도록 만드신 것이다"라고 노래하였다. 섭리이든 운명이든 가장 귀한 존재에게 주어지는 것이 '사랑=슬픔'의 힘이라는 것이다. 그러니 우리는, 자신보다 더 큰 재능을 가진 이들에 대한 질투보다는, 자신에게 주어진 '사랑과 슬픔'의 생성적 지혜를 발견하면서 섭리나 운명의 속뜻을 헤아려가야 한다는 것, 이것이 바로 살리에리와 라울의 불행을 넘어서는 존재론적 발견이 아닐까, 잠깐, 생각해본다.

문학으로서의 잠언

1.

프랑스의 대표적 지성 가운데 한 사람으로 꼽히는 실존철학자 사르트르는 사람과 사람의 관계에 대해 '수열 집단'과 '융합 집단'이라는 대립적 개념으로 설명한 적이 있다. 앞의 것은 이를테면 버스 정류장에 서 있는 사람들로 설명될 수 있는데, 어쩌다보니 한곳에 모였을 뿐 아무런 내적 유대가 없는 우연적 집단을 가리키는 것이고, 뒤의 것은 그 성원들이 내면적으로 얽히고 이어져 하나의 의식적 공동체community를 이루는 경우를 가리키는 용어이다. 어느 사회나 이러한 두 가지 성격의 집단이 존재하겠지만, 분명한 것은 자본주의 사회가 발전해갈수록 후자의 성격을 가졌던 집단이 전자로 급속하게 변모해가고, 또 그 논리에 따라 공동체 구성원들이 익명화匿名化되고 원자화原子化

된다는 사실일 것이다. 우리가 몸담고 있는 학교나 지역 그리고 우리가 섬기는 교회도 여기에서 예외가 아닐 것이다.

이제 현대인들은 자기가 오랫동안 살았던 지역을 돌아다녀도 자기를 알아보는 이들을 만나기 어렵다. 그들은 우연히 한 지역에 살고 있을 뿐, 생활양식을 공유하는 것이 없다. 예전처럼 공동체적 결속감을 가지고 있던 '이웃'이 아니라 그저 도시적 생활양식에 따라 상호 단절과 개체화의 양상이 뚜렷해진 '지역 주민'일 뿐이다. 또 한 교회를 섬기는 성도의 경우에도 서로 깊이 알고 지내지 않아도 심적 부담은 물론이고 별다른 행동의 불편을 느끼지 못한다. 그들은 언제부턴가 우연히 한 교회에서 한 설교자의 설교를 들을 뿐이다. 대부분의 시간을 공유하지 못할 뿐만 아니라, 서로의 삶에 깊이 개입할 수도 없다. 모두가 무심하고 독립적인 타자他者일 뿐, 마르틴 부버식으로 말해서 '나-너'의 소통이 차단되고 '나-그것'의 관계로만 얽혀 있는 존재들이다.

이러한 상황에서, 우리가 하나님과의 관계는 물론이고 '이웃'과의 관계를 회복하여 하나님께서 원하시는 삶을 살아가기 위해서는 현대사회의 병리적 징후들을 치유해야 한다는 요청을 외면하기 어렵다. 그러기 위해 가장 먼저 우리는 하나님 말씀으로의 회귀가 가장 불가피한 과정임을 알게 된다. 왜냐하면 '성경'은 하나님께서 인간에게 올바른 하나님과 인간의 관계, 올바른 인간 상호 간의 관계를 선포하신 결과이기 때문이다. 우리가 '말씀'으로 돌아가 하나님을 청종聽從해야 하는 것은 이처럼 하나님의 뜻과 의지를 통해 우리의 본연의 모습을 회복해야 하기 때문이다.

우리가 잘 알고 있듯이 창조, 타락, 사랑, 구원에 이르는 하나님의 메시지는 천상의 질서이고, 이는 지상의 인간으로서는 선명하게 인식할 수 없는 영역이기도 하다. 그래서 하나님 말씀은 육화incarnation 과정을 거치거나 일종의 계시revelation 형식을 취하게 된다. 우리는 이러한 육화와 계시의 형식을 가장 구체적으로 담고 있는 '성경'을 통해 하나님께서 우리에게 주시는 치유와 회복의 상像을 그려보게 된다. '말씀'이 더없이 중요해지는 이유도 바로 여기에 있을 것이다.

2.

성경 전체를 통틀어 『잠언』만큼 우리에게 충전적인 지혜를 선사하는 책은 달리 없을 것이다. 그래서 성서학에서도 『잠언』은 일종의 '지혜문학'으로 분류되고 있다. 물론 역사적으로 『잠언』은 고대 이스라엘 사람들 사이에서 전해져오던 교훈과 격언을 편집한 책이다. 그 안에는 격언이나 교훈, 도덕훈道德訓, 아포리즘 등이 다양하게 산포되어 있고, 삶의 근원적인 원리에 대한 지혜와 실천적 규범들이 질서정연하게 수록되어 있다. 그 내용을 개괄하면, 지혜 찬미(1장~9장), 솔로몬의 잠언(10장~22장 전반부), 지혜자의 말(22장 후반부~24장), 그 이하 일종의 보유편補遺篇 등으로 구성되어 있다. 실증적으로 말해 『잠언』은 대체로 주전 538년의 포로 시대 후에 쓰였고, 현재 형태로 수습된 것은 주전 300-250년경으로 추정되고 있다.

『잠언』의 목적은, 재차 말했듯이, '지혜'에 대한 강조에 있다. 그 핵심은 하나님을 경외하는 것이 진정한 지혜라는 것인데, 그만큼 사람들에게 하나님을 통한 '지혜'를 알게 하는 것이 이 책의 가장 큰 목적이라 할 것이다. 그 안에는 하나님의 섭리와 계획을 분별하고, 하나님을 경외하며, 예언자적 정신을 회복하라는 메시지가 강렬하게 펼쳐져 있다. 그 기조基調가 되는 말씀이 바로 다음의 유명한 구절들이다.

> 여호와를 경외하는 것이 지식의 근본이어늘 미련한 자는 지혜와 훈계를 멸시하느니라.(1:7)

> 여호와를 경외하는 것이 지혜의 근본이요 거룩하신 자를 아는 것이 명철이니라.(9:10)

이러한 말씀들은 현세적 지식에 대한 강조가 아니라, 하나님에 대한 절대적 신뢰에 바탕을 둔 삶의 근원적인 의미 제시에 목적이 있다. 가령 하나님에 대한 경외와 인간의 독립적 판단을 대비적으로 제시하면서, 하나님에 대한 경외가 지혜 혹은 지식의 근원임을 재차 강조하는 것이다. 이처럼 『잠언』은 전체적으로 '지혜' 찬미를 지속하면서, 그것의 근원origin이자 궁극적ultimate 속성으로서의 신성神聖을 강조해 마지않는다.

『잠언』의 형식은 대부분 각절이 병행의 시형詩形을 이루고 있다. 그 내용은 하나님의 지혜를 추상抽象하여 의인화하거나, '지혜chokmah=wisdom'가 하나님의 창조 질서로서 우주가 지혜에 의해 새롭게 창조되었다고 말한다. 후세에 나타날 『요한복음』의 "태초에 말씀이 계시니라 이 말씀이 하나님과 함께 계셨으니 이 말씀은 곧 하나님이시니라"(1:1)라는 이른바 '로고스'설說을 그대로 예시豫示한 것이라 할 수 있겠다. 이처럼 하나님의 섭리가 강조되고 일상생활에의 지혜에 대한 예시가 풍부한 『잠언』은 우리가 살아가는 동안 마땅히 지켜야 할 사람의 도道를 집중적으로 가르친다. 그것의 세목은 부모의 사랑이나 그에 대한 복종, 오만이 아닌 겸손, '혀'의 경계, 하나님의 권위와 능력 인정, 하나님에 대한 지속적 경외 등이다.

『잠언』의 발화 형식에는 세 가지가 있다. 먼저 짧은 격언 같은 것이 있는데, 이것이 가장 오래된 형식이라 할 수 있다. 가령 "마땅히 행할 길을 아이에게 가르치라. 그리하면 늙어도 그것을 떠나지 아니하리라"(22:6) 같은 사례를 들 수 있을 것이다.

다음은 2행으로 된 일종의 대구對句인데, 이것이 가장 보편적인 형식이다. 의미가 같은 것의 강조, 반의적 개념의 대조 등이 이러한 형식 속에 나타난다. 예컨대 다음과 같은 것을 들 수가 있다. 각각 전자와 후자의 사례이다.

> 지혜를 얻는 것이 금을 얻는 것보다 얼마나 나은고 명철을 얻는 것이 은을 얻는 것보다 더욱 나으니라.(16:16)

> 무릇 지혜로운 여인은 그 집을 세우되 미련한 여인은 자기 손으로 그것을 허느니라.(14:1)

이러한 대구 형식은 삶의 지혜를 명료하게 항목화하여 당대의 사람들에게 일종의 경종警鐘 역할을 하게 했다고 할 수 있을 것이다.

마지막으로 줄거리를 가진 것들이다. 갈래별로 말하면 수필 같은 종류이다. 가령 그 가운데 한 풍경을 살펴보자.

> 내가 내 집 들창으로, 살창으로 내어다보다가 어리석은 자 중에, 소년 중에 한 지혜 없는 자를 보았노라. 그가 거리를 지나 음녀淫女의 골목 모퉁이로 가까이 하여 그 집으로 들어가는데 저물 때, 황혼 때, 깊은 밤 흑암 중에라. 그

때에 기생의 옷을 입은 간교한 계집이 그를 맞으니 이 계집은 떠들며 완패頑悖하며 그 발이 집에 머물지 아니하여 어떤 때에는 거리, 어떤 때에는 광장 모퉁이, 모퉁이에 서서 사람을 기다리는 자라. 그 계집이 그를 붙잡고 입을 맞추며 부끄러움을 모르는 얼굴로 말하되 내가 화목제를 드려서 서원한 것을 오늘날 갚았노라. 이러므로 내가 너를 맞으려고 나와서 네 얼굴을 찾다가 너를 만났도다. 내 침상에는 화문 요와 애굽의 문채 있는 이불을 폈고 몰약과 침향과 계피를 뿌렸노라. 오라 우리가 아침까지 흡족하게 서로 사랑하며 사랑함으로 희락하자. 남편은 집을 떠나 먼 길을 갔는데 은 주머니를 가졌은즉 보름에나 집에 돌아오리라 하여 여러 가지 고운 말로 혹하게 하며 입술의 호리는 말로 꾀므로 소년이 곧 그를 따랐으니 소가 푸주로 가는 것 같고 미련한 자가 벌을 받으려고 쇠사슬에 매이러 가는 것과 일반이라 필경은 살이 그 간을 뚫기까지에 이를 것이라 새가 빨리 그물로 들어가되 그 생명을 잃어버릴 줄을 알지 못함과 일반이니라.(7:6-23)

이처럼 일정하게 줄거리를 가진 채 펼쳐지는 교훈도 『잠언』의 중요한 부분 가운데 하나라 할 것이다.

사실 모든 크리스천에게는 구약성경 전체가 '오실 구세주'에 대한 예언으로 다가온다. 그것이 곧 하나님 자신의 말씀이기 때문이다. 그 가운데 『잠언』의 키워드인 '지혜wisdom'는 하나님으로부터 발원한 것이고, 하나님께서 주신 것이며, 그러므로 모든 근원은 여호와 하나님이라는 사실을 널리 선포한다. 또한 하나님 스스로가 지혜이시며, 하나님을 아는 것 자체가 바로 지혜라고 강조한다. 그 지혜를 잃어버렸거나 유보함으로써 현대 사회의 병리는 깊어간 것이고, 지혜가 하나님의 창조 사역에 동참했다는 사실로 미루어보아 그 '지혜'를 회복할 때 창조 질서의 회복이 이루어진다고 할 수 있을 것이다.

3.

『잠언』이 가장 구체적으로 드러내고 있는 문학적 속성은 비교와 대조를 나타내는 시적 표현뿐만 아니라 '지혜'를 주제로 하는 시편들 각각의 완결성에 있다. 가령 『잠언』은 "잠언과 비유와 지혜 있는 자의 말과 그 오묘한 말을 깨달으리라"(1:6)라면서 자신이 지혜의 보고임을 알린다. "지혜가 길거리에서 부르며 광장에서 소리를 높이며 훤화하는 길머리에서 소리를 지르며 성문 어귀와 성중에서 그 소리를 발하여"(1:20) 같은 의인화를 수행하기도 한다. 이러한 '지혜' 전승에는 당시 가장 인지도가 높았던 솔로몬왕을 대표 저자로 하는 관행이 수반되었다. 『잠언』의 저자가 여러 사람이었음에도 불구하고 솔로몬이 대표 저자로서 전승된 것이다. 그 지혜의 근간에 하나님에 대한 절대 신뢰가 깔려 있음은 앞에서도 강조한 바다. 『잠언』의 핵심에는 다음과 같은 말씀도 있다.

> 너는 마음을 다하여 여호와를 의뢰하고 네 명철을 의지하지 말라. 너는 범사에 그를 인정하라. 그리하면 네 길을 지도하시리라.(3:5-6)

이처럼 범사凡事에 하나님의 섭리와 계획을 인정하고 받아들이는 태도가 권장된다. 삶과 죽음, 소멸과 생성, 성과 속 등 모든 삶의 마디와 절차에 하나님의 계획과 섭리가 개입하기 때문에, 우리는 위기 때만 하나님을 찾을 것이 아니라 매우 평범한 일상에서 하나님을 인정하고 그분께 구하는 마음이 필요한 것이다. 이때 '마음'은 우리가 매우 중요하게 지켜야 할 범주로 각인된다. 그래서 『잠언』은 "무릇 지킬 만한 것보다 더욱 네 마음을 지키라. 생명의 근원이 이에서 남이니라"(4:23)라고 말하는 것이다.

이러한 지혜를 알리기 위해 『잠언』에서 가장 빈번하게 활용하는 것이 바로 대구와 대조의 방법이다. 이를 통해 삶의 근원적 가치가 비교적 간명하게 요약된다.

여호와께서 의인의 영혼은 주리지 않게 하시나 악인의 소욕은 물리치시느니라. 손을 게으르게 놀리는 자는 가난하게 되고 손이 부지런한 자는 부하게 되느니라. 여름에 거두는 자는 지혜로운 아들이나 추수 때에 자는 자는 부끄러움을 끼치는 아들이니라.(10:3-5)

미움은 다툼을 일으켜도 사랑은 모든 허물을 가리우느니라.(10:12)

또한 '의義'와 '악惡'을 대조하고 있는 것도 『잠언』의 가장 중요한 속성 가운데 하나이다. 여기서 '의'는 즐겁고 복되고 영원하지만, '악'은 괴롭고 망하고 한시적으로 나타난다. 가령 다음과 같은 명제들이 잇따라 쏟아진다.

의인의 소망은 즐거움을 이루어도 악인의 소망은 끊어지느니라.(10:28)

의인이 형통하면 성읍이 즐거워하고 악인이 패망하면 기뻐 외치느니라.(11:10)

의인의 소원은 오직 선하나 악인의 소망은 진노를 이루느

니라.(11:24)

의인의 생각은 공직하여도 악인의 도모는 궤휼이니라.(12:5)

의인의 빛은 환하게 빛나고 악인의 등불은 꺼지느니라.(13:9)

『잠언』은 “슬기로운 자는 지식을 감추어 두어도 미련한 자의 마음은 미련한 것을 전파하느니라”(12:23)라면서 ‘슬기로움’을 강조하고, “교만은 패망의 선봉이요 거만한 마음은 넘어짐의 앞잡이니라”(16:18)에서나 “사람이 교만하면 낮아지게 되겠고 마음이 겸손하면 영예를 얻으리라”(29:23)에서는 ‘교만(거만)’의 경계를, 그리고 “마음의 즐거움은 양약이라도 심령의 근심은 뼈로 마르게 하느니라”(17:22)에서는 ‘희락(즐거움)’의 중요성을 강조한다.

이러한 주제로 응집된 『잠언』은 그 자체로 우리 삶의 가장 종요로운 지남指南과 좌표를 보여주는 살아 있는 금언록金言錄이라 할 만하다.

여기서 잠깐 잘 알려지지 않은 삽화 하나를 제시해보자. 해방 후 우리 문학의 걸작 가운데 하나인 김동리 장편소설 『사반의 십자가』에서, 김동리는 성경 인물인 십자가의 좌도左盜에게 '사반'이라는 이름을 부여하였다. 이때 '사반'은 좌도를 변형시킨 가공인물로서, '역사적 예수historical Jesus'와 일종의 대결 구도를 취하게 된다. 김동리는 예수와 사반을 통해 신권과 왕권, 내세적 구원과 현세적 이치 사이의 충돌을 보여주는데, 사반이 로마 식민치하의 유대 민족을 해방시키고 그들만의 자유로운 왕국을 세우려는 데 비해, 예수는 지상을 초월한 천상의 질서를 제시하게끔 한다. 그런데 '사반'이라는 이름이 제일 먼저 『잠언』에 등장한다는 사실을 아는 이는 많지 않다. 가령 "땅에 작고도 가장 지혜로운 것 넷이 있나니 곧 힘이 없는 종류로되 먹을 것을 여름에 예비하는 개미와 약한 종류로되 집을 바위 사이에 짓는 사반"(30:24-26)에서 그 이름이 보인다. 이때 '사반'은 중동 지방에 서식하는 동물로서, 다람쥐와 토끼 중간쯤 되는 크기의 동물을 지칭한다. 비록 작지만 지혜로운 짐승인데, 이 '사반'이 20세기 후반 한국문학에 당당하게 고유명사로 살아난 것이다.

또 추가할 만한 것은 공동번역이 『잠언』을 읽는 데 많이 참조되어야 한다는 것이다. 실로 다양하고도 토착화된 번역이 읽을 맛을 더한다. 가령 다음을 보자. 의미 소통이 훨씬 원활하지 않은가.

집에 진수성찬을 차려놓고 다투는 것보다 누룽지를 먹어 도 마음 편한 것이 낫다.(17:1)

바가지 긁으며 괴롭히는 아내와 사는 것보다 광야에 나가 사는 것이 낫다.(21:19)

세 살 버릇 여든까지 간다. 마땅히 따를 길을 어려서 가르쳐라.(22:6)

이렇게 공동번역 성경은 우리말의 질감과 관행을 잘 살리고 있다. 이 점은 『잠언』의 문학적 속성을 증폭시키는 데 기여할 것이며, 이 또한 『잠언』을 읽는 이들이 참조할 만한 사항일 것이다.

4.

기독교 세계관에서는 하나님께서 실재의 중심이시며, 또다른 모든 존재의 차원에 정체성을 부여하시는 분이다. 이런 세계관에서는 사람이 하나님의 피조물로 정의된다. 선善은 하나님의 뜻을 행하는 것이고, 시간과 역사는 하나님의 목적에 의해 움직인다. 그 관점에서 본다면, 지식 혹은 지혜는 하나님께서 드러내 보이신 진리이고, 모든 실재는 하나님을 경외함으로써 그

피조물로서의 정체성을 회복한다. 결국 기독교 세계관은 하나님께서 모든 체험의 준거가 되시며, 하나님께서 삶의 모든 차원에 의미와 정체를 부여하는 분이 되시는 것을 인정하는 것이다. 하나님의 말씀 혹은 구원 사역을 육화와 계시의 메타포적 방식으로 보여준 『잠언』에서 우리는 이러한 진리를 문학적 형식으로 경험하게 된다. 다음과 같은 간원懇願은 그러한 삶의 본질을 통찰한 결과라 아니할 수 없다.

> 내가 두 가지 일을 주께 구하였사오니 나의 죽기 전에 주시옵소서. 곧 허탄과 거짓말을 내게서 멀리 하옵시며 나로 가난하게도 마옵시고 부하게도 마옵시고 오직 필요한 양식으로 내게 먹이시옵소서. 혹 내가 배불러서 하나님을 모른다, 여호와가 누구냐 할까 하오며 혹 내가 가난하여 도적질하고 내 하나님의 이름을 욕되게 할까 두려워함이니이다.(30:7-9)

결국 '문학'으로서의 『잠언』은, 그것이 인간의 경험적 결과물일 뿐만 아니라 상징적 언어에 의해 구축된 지혜의 책이라는 것을 증언한다. 창조의 질서가 카오스에서 코스모스로 변환, 이행하는 하나님의 주권을 의미하고, 그러한 지혜에서 비롯되는 인간관, 우주관, 가치 등이 『잠언』에는 생생하게 담겨 있기 때문이다. 이처럼 우리는 『잠언』을 만나면서 실존적 자기 각성이라는 메커니즘과 윤리적 완성이라는 경험을 치르게 된다. 사랑, 윤리, 소명, 희생, 의로움, 죄의식, 구원, 소망 등이 그 정서적 세목細目들인데, 이러한 것들을 『잠언』은 풍부하게 담고 있기 때문이다.

오래전 『문학의 죽음』의 저자 앨빈 커넌은, 근대 이후에 도래할 '문학의 죽음' 상황을 매우 이채롭게 비유적으로 묘사한 바 있다. 문학의 죽음은 놀랍게도 책의 절멸을 통해서가 아니라, 너무도 많은 책에 빠져 익사하는 것으로 비유된다.

> 세계가 계속 지나갈수록 책의 숫자는 끝없이 증가할 것이다. 그리하여 마침내 우주 전체에 대한 연구가 불가능하듯이 책으로부터 어떤 지식도 얻기 힘들어질 때가 올 것이다. (…) 결코 멈추지 않는 인쇄기는 거대한 건물을 책으로 채울 것이며, 독자들은 그 책을 열심히 읽는 대신, 어떤 책이 새로운 것이고 어떤 책이 새로운 책이라고 믿어지는가 하는 것을 조사하는 데 모든 시간을 바칠 것이다. (…) 결국 학문의 세계—바로 우리의 세계—는 책 속에 빠져 익사할 것이다.(앨빈 커넌, 최인자 역, 『문학의 죽음』, 문학동네, 1999, 192쪽)

이처럼 우리 시대는 '책'으로 상징되는 지식과 정보가 창궐하는 시대이다. 하지만 '말씀'으로 상징되는 진정한 지혜는 결핍되어 있는 시대이다. 그렇기 때문에 하나님은 지금도 '지혜'의 말씀을 찾으라고 강하게 권고하신다. 『잠언』에는 이러한 하나님의 권고가 아직도 메아리친다. "나를 사랑하는 자들이 나의 사랑을 입으며 나를 간절히 찾는 자가 나를 만날 것이니라."(8:17)

'헛됨'의 편재성과 '창조자'에 대한 기억

1.

구약성경 가운데 『전도서』가 주는 전언은 참으로 특별한 위치를 차지한다. 성경 전체가 집약하여 들려주는 주제, 이를테면 '창조'에서 '구속救贖'에 이르는 하나님 사역에 대한 궁극적 긍정에 비추어볼 때, 『전도서』가 감각적으로 환기하는 외관은 이채로운 점이 많아 보이는 게 사실이다. 가령 『전도서』의 첫 부분에 강렬하게 반복되는 '헛됨'에 대한 일관된 강조는, 우리에게 전형적 의미에서의 비관주의나 니힐리즘을 연상케 한다. 따라서 그것은 우리가 흔하게 접하게 되는 '인생무상人生無常'의 차원을 감각적으로 환기한다고 할 수 있다. 그래서인지 『전도서』의 심층에 대한 충실한 독해를 거치지 않고 그저 『전도서』를 관성적으로 떠올릴 때는, '지혜문학'이라고 일컬어지는 『시편』, 『잠언』, 『아가』에 비해 『전도서』가 매우 특별하고도 예외적인 주제를 가지고 있고 나아가 성경 전체에 어떤 예외적 균열을 가져오고 있다고까지 생각할 수 있다.

하지만 우리는 『전도서』가 우리에게 시사하는 '지혜智慧'의 속성이 그저 생의 '헛됨'을 반복하는 비관주의의 통렬한 유포에 있다고 생각하기 어렵다. 왜냐하면 성경의 전언들은 한결같이 고난 후의 영광, 수난 후의 은총, 부정 뒤의 긍정이라는 '반전反轉'의 계기를 내장하고 있기 때문이다. 그래서 우리는 『전도서』가 주는 메시지 역시 하나님 은총에 대한 승인과 인간 삶에 대한 긍정으로 귀결될 것임을 예견할 수 있다. 이 글은 그러한 반전의 수사학을 읽어보려는 것이다.

물론 우리는 성경 연구에 자연스럽게 수반되어야 할 어석語釋 천착이나 구조 분석이라는 중요한 절차를 거치지 않고, 『전도서』가 전해주는 수사학에 주목하여 하나님께서 우리에게 주시는 현재형의 목소리를 경청하려고 할 뿐이다. 그럼으로써 이 속악한 세상에서 어떤 '지혜'가 필요한가, 그리고 우리는 어떠한 '지혜'를 견지하면서 살아가야 하는가에 대한 성찰의 계기를 가져보려고 하는 것이다. 성경 원문에 대한 오독의 가능성에도 불구하고 일종의 문학적 시선으로 읽어보려는 시도인 것이다.

2.

우리가 어렸을 적에, 그때 이름으로 '주일학교'에 다닐 때, 우리는 『전도서』를 『잠언』과 마찬가지로 솔로몬이 쓴 것으로 배워 알았다. 아닌 게 아니라 책의 첫머리에는 "다윗의 아들 예루살렘 왕 전도자의 말씀"(1:1)이라는 점이 적시되어 있다. 당연히 '다윗의 아들'은 솔로몬을 지칭하는 것일 테고, 그가 바로 '솔로몬의 재판'으로 유명한 지혜의 소유자였기 때문에 그러한 저자 규정은 별 회의 없이 유통되었던 것 같다. 게다가 "전도자가 지혜로움으로 여전히 백성에게 지식을 가르쳤고 또 묵상하고 궁구하여 잠언을 많이 지었으며"(12:9)라는 구절로 미루어 이 책은 『잠언』의 저자인 솔로몬과 동일 인물에 의해 쓰인 게 틀림없다는 관행적 판단이 정착된 것이다. 아닌 게 아니라, 솔로몬은 구약의 여러 군데에서 '지혜'의 상징으로 기록되어 있는 인물이다. 먼저 『열왕기상』 4:29-30에는 다음과 같은 말씀이 새겨져 있다.

> 하나님이 솔로몬에게 지혜와 총명을 심히 많이 주시고 또 넓은 마음을 주시되 바닷가의 모래 같이 하시니 솔로몬의 지혜가 동양 모든 사람의 지혜와 애굽의 모든 지혜보다 뛰어난지라

또한 『역대하』 1:11-12에서는 다음과 같은 증언이 이어진다.

> 하나님이 솔로몬에게 이르시되 이런 마음이 네게 있어서 부나 재물이나 존영이나 원수의 생명 멸하기를 구하지 아니하며 장수도 구하지 아니하고 오직 내가 너로 치리하게 한 내 백성을 재판하기 위하여 지혜와 지식을 구하였으니 그러므로 내가 네게 지혜와 지식을 주고 부와 존영도 주리니 너의 전의 왕들이 이 같음이 없었거니와 너의 후에도 이 같음이 없으리라

여기서 우리는 그 유명한 솔로몬의 '지혜'를 확인하거니와, 그는 탁발한 지혜와 총명과 아량으로 백성들을 통치한 위대한 정치인이며, 하나님께 세속적인 부나 권력보다는 지혜를 간구하는 좋은 신앙인이기도 하였다. 이처럼 절대자에게 지혜를 간구하는 지혜자의 모습을 통해 우리는 그의 지혜의 근원이 하나님임을 확인하게 된다. 그러니 그의 지혜의 증언에 귀를 모으는 것은 자연스러운 일이었을 것이다. 하지만 성경 연구의 축적에 따라 『전도서』는 솔로몬의 저작이 아니라는 점이 여러모로 밝혀지게 된다. (이는 마치 구약 앞머리의 다섯 책을 '모세 오경五經'이라 하여, 모세를 저자로 확정해 유통했지만 그 실증적 결함이 밝혀진 것과 동일한 맥락을 지닌다.)

하지만 그동안 『전도서』의 발화자를 솔로몬으로 처리한 것이 그리 말도 안 되는 처사는 아니다. 말하자면 그것은 실증적 오류라기보다는, 우리가 흔히 고전적 귀결의 목소리에 접할 때 '공자님 말씀'이라 하는 것과 마찬가지로, 일종의 제유提喩적 발상이었다고 보면 될 것이다. 말하자면 『전도서』를 지혜의 상징인 솔로몬의 전통적 권위 아래 배치함으로써, 이 책이 어느 무명씨無名氏의 개인적 지혜가 아니라 이스라엘 지혜 전승의 맥락에 위치한 권위 있는 가르침임을 드러냈다고 하는 편이 옳을 것이다. 그러니까 『전도서』의 실제 저자가 솔로몬이 아닌 것이 확실하다고 하더라도, 우리는 그것이 수많은 솔로몬'들'의 합작 발화라고 이해하면 되는 것이다. 그만큼 유대인들의 내면 깊숙한 곳에서 이 말씀들은 지혜의 상징인 솔로몬에 의해 간접화되어 들린 보석 같은 언어였던 것이다.

그런데 문제는, 이 지혜자가 책의 허두에서 유별나게 생의 '헛됨'을 강조하고 있다는 점이다. 좀처럼 반전의 계기를 발견할 수 없어 보이는 도저한 허무의 언어가 범람하고 있는 것이다. 이 지혜자는 "헛되고 헛되며 헛되고 헛되니 모든 것이 헛되도다"(1:2)라고 '헛됨'을 줄기차게 반복한다. 불가佛家의 전언을 무색하게 할 정도로 발화자가 절대적 허무주의의 심경을 토로하고 있는 것처럼 보인다. 여기서 누적적으로 반복되고 있는 '헛됨'의 원어原語는 '숨'에서 유래한 것으로서, 쉽게 사라져버리는 일체의 것을 함의한다. 곧 인간의 삶에 어떤 고정적이고 확연한 의미나 가치는 존재하지 않는다는, 따라서 일체의 가변성만 존재한다는 생각을 강조하는 것이다. 이것 역시 불가에서 말하는 '무상無常'의 원리와 큰 차이를 나타내지 않는다. 그저 자연은 맹목으로 되풀이되고 인간의 삶도 새로운 것 없이 반복된다는 점, 하지만 그대로 있는 것은 하나도 없고 모든 것은 변해가는 것이라는 점이 강조되고 있는 것이다.

물론 불가에서 말하는 '허무'의 의미는, 전통적 사상, 이론, 진리, 지식, 규범 등의 가치를 부정하고 해체하면서 '언어 너머의 언어'를 재구축하려는 생각의 총체이다. 그 점에서 『전도서』의 내용은 서구적 의미의 니힐리즘이나 불교의 허무주의와 다르다. 언뜻 보아 불교 사상과 접맥되기도 하고, 희랍의 회의 사상과 맞물리기도 하는 것처럼 보이는 『전도서』의 앞부분을 미세하게 살펴보면 이러한 차이점을 어렵지 않게 알아챌 수 있다. 말하자면 이 책에서의 '헛됨'의 강조는, 삶 전체의 허무주의를 부각시키면서 죽음의 선차적 가치를 강조하는 니체적 의미의 니힐과 적극 갈라서면서, 삶에 대한 가장 근원적인 회의조차 하나님의 섭리 가운데 놓인다는 역설의 수사학으로 점철되어 있다는 점을 발견하게 되는 것이다.

3.

『전도서』의 지혜자는 "사람이 해 아래서 수고하는 모든 수고가 자기에게 무엇이 유익한고"(1:3)라는 근원적인 질문을 책의 맨 앞에서 던진다. 이는 "사람이 해 아래서 수고하는 모든 수고와 마음에 애쓰는 것으로 소득이 무엇이랴"(2:22)라는 회의 어린 질문과 고스란히 맞물린다. 결국 『전도서』는 이러한 질문과 회의에 대한 응답의 기록이라고 할 수 있다. 해 아래서 수고하는 모든 인간의 보람은 어디서 찾을 수 있는가? 그에 대한 답변은 이렇게 시작된다.

> 한 세대는 가고 한 세대는 오되 땅은 영원히 있도다 해는 떴다가 지며 그 떴던 곳으로 빨리 돌아가고 바람은 남으로 불다가 북으로 돌이키며 이리 돌며 저리 돌아 불던 곳으로 돌아가고 모든 강물은 다 바다로 흐르되 바다를 채우지 못하며 어느 곳으로 흐르든지 그리로 연하여 흐르느니라 만물의 피곤함을 사람이 말로 다 할 수 없나니 눈은 보아도 족함이 없고 귀는 들어도 차지 아니하는도다 이미 있던 것이 후에 다시 있겠고 이미 한 일을 후에 다시 할지라 해 아래는 새 것이 없나니 무엇을 가리켜 이르기를 보라 이것이 새 것이라 할 것이 있으랴 우리 오래 전 세대에도 이미 있었느니라 이전 세대를 기억함이 없으니

항구적으로 존재하는 '땅'에 비해 "해/바람/강물" 등은 모두 유동적이며 제한적이다. 그래서 그 사물들을 대하는 사람의 감각은 충일함으로 이어지지 않는다. 그만큼 해 아래 "새것"은 없다. 모든 사물은 그저 이전에도 있었고 지금도 있고 미래에도 있을 것이다. 그리고 그것은 기억되지 못할 것이다. 자연스럽게 "마음을 다하며 지혜를 써서 하늘 아래서 행하는 모든 일"(1:13)은 고통스러운 것이고, "하나님이 인생들에게 주사 수고하게 하신 것"(1:13)일 뿐이다. 하나님 은총의 낙관론에 대한 근원적 회의가 아득하게 펼쳐지는 순간이다.

이렇게 바람을 잡으려는 듯한 헛된 일을 두고, 전도자는 자신의 지혜와 지식에 근거하여 "지혜가 많으면 번뇌도 많으니 지식을 더하는 자는 근심을 더하느니라"(1:18)라고 말한다. 지혜와 고통의 비례 관계를 확연하게 증언하고 있는 것이다. 사실 우리가 살아가면서 가장 고통스러운 것은 자신의 현재형을 충실하게 자각하는 데 있다. 그 자발적 고통을 일러 우리는 '자기 성찰' 혹은 '세계 인식'이라고 부르는 것이다. 그러니 지혜와 지식이 근심을 점증漸增시키는 것은 말할 것도 없는 일이다.

이어서 지혜자는 자신이 세상에서 누리고 있는 복을 일일이 열거한 후 "그 후에 본즉 내 손으로 한 모든 일과 수고한 모든 수고가 다 헛되어 바람을 잡으려는 것이며 해 아래서 무익한 것이로다"(2:11)라고 고백하고 있다. 실컷 누린 자가 이제 와서 헛되다고 할 때, 우리는 말할 수 없는 적의敵意와 불신을 그 말에서 느끼곤 한다. 세속에서 권력과 부를 누린 자가 만년에 이르러 그것이 소용없는 일이라고 한다면, 그 근처에도 못 가본 사람들로서는 격분할 일이 아닌가. 그럼에도 전도자는 그 세속적 가치의 허망함을 힘있게 고백하고는, "지혜자나 우매자나 영원토록 기억함을 얻지 못하나니 후일에는 다 잊어버린 지 오랠 것임이라 오호라 지혜자의 죽음이 우매자의 죽음과 일반이로다"(2:16)라는 귀결을 이끌어온다. 왜냐하면 모든 사물에는 하나님의 예정된 '때'가 있기 때문이다. 그만큼 저자는 우리가 '행/불행'으로 갈라 사고하는 것의 무익함을 토로한다.

여기서 무엇이나 '때'가 있다는 『전도서』의 유명한 표현이 이어진다. 성경 전체에서 기억할 만한 아름다운 운율과 대구對句 그리고 인생의 굴곡에 대한 성찰이 가득한 명구名句라고 할 것이다.

> 천하에 범사가 기한이 있고 모든 목적이 이룰 때가 있나니 날 때가 있고 죽을 때가 있으며 심을 때가 있고 심은 것을 뽑을 때가 있으며 죽일 때가 있고 치료 시킬 때가 있으며 헐 때가 있고 세울 때가 있으며 울 때가 있고 웃

을 때가 있으며 슬퍼할 때가 있고 춤출 때가 있으며 돌을 던져 버릴 때가 있고 돌을 거둘 때가 있으며 안을 때가 있고 안는 일을 멀리 할 때가 있으며 찾을 때가 있고 잃을 때가 있으며 지킬 때가 있고 버릴 때가 있으며 찢을 때가 있고 꿰맬 때가 있으며 잠잠할 때가 있고 말할 때가 있으며 사랑할 때가 있고 미워할 때가 있으며 전쟁할 때가 있고 평화할 때가 있느니라(3:1-8)

모든 현상과 사물의 진행 과정에는 하나님이 정하신 적절한 '때kairos'가 있다. 달도 차면 기운다는 유명한 동양 쪽의 금언을 충족시킬 정도의 사물의 부침浮沈과 생멸生滅의 질서가 아름다운 시적 표현으로 나타나 있다. 이때 하나님께서 주신 "영원을 사모하는 마음"(3:10-22)은 인간의 유한자有限者로서의 자각과 깊이 관련된다. 그러니 "무릇 하나님의 행하시는 것은 영원히 있을 것이라 더 할 수도 없고 덜 할 수도 없나니 하나님이 이같이 행하심은 사람으로 그 앞에서 경외하게 하려 하심인 줄을 내가 알았도다"(3:14)라는 유한자의 무한자에 대한 외경이 자리잡게 되는 것이다.

전도자는 "의인과 악인을 하나님이 심판하시리니 이는 모든 목적과 모든 일이 이룰 때가 있음이라"(3:17)라면서 주재자가 없는 생의 굴곡을 승인하는 것이 아니라, 하나님께서 판단하시고 섭리하시는 '때'의 실재實在를 강조하고 있다. 그런 하나님에 대한 태도는 그래서 "내 소견에는 사람이 자기 일에 즐거워하는 것보다 나은 것이 없나니 이는 그의 분복이라"(3:22)라는 표현처럼 긍정적 순명順命 의식으로 이어지게 된다. 하지만 다시 다음과 같은 표현은 도저한 절망과 비탄으로 감싸여 있는 듯한 느낌을 준다.

> 그러므로 나는 살아 있는 산 자보다 죽은 지 오랜 죽은 자를 복되다 하였으며 이 둘보다도 출생하지 아니하여 해 아래서 행하는 악을 보지 못한 자가 더욱 낫다 하였노라 (4:1–2)

니체의 전언을 쏙 닮은 이같은 표현은, 또다른 반전의 계기를 스스로 내장하고 있다. 아닌 게 아니라 인간은 신적神的인 동시에 세속적이고, 본체적인 동시에 현상적이라는 이중적 본성을 지닌다. 이러한 인간의 이중적 본성 때문에 세계는 모순되고 역설적인 것으로 보인다. 또한 이러한 인간의 이중적 본성 때문에, 인간의 비참함에서 보면 신은 부재하지만, 인간의 위대함과 의미에 대한 요구라는 면에서 보면 그렇게 부재하는 신은 또 영원히 현존한다. 이렇듯 '부재하며 동시에 현존하는' 신의 속성이 인간에게 이른바 '비극적悲劇的 세계관'을 배태시킨다. 하지만 이러한 비극적 세계관이 '비관주의悲觀主義, pessimism'로 치환되지는 않는다는 데 신앙의 비의秘義가 숨어 있다. 오히려 이러한 역동적인 '비극적 세계관'을 가진 주체들이 신앙의 또다른 속성인 '소망'을 가지고 갈등하고 나아가 그것을 통합하려는 열정을 펼쳐 보이는 것이 바로 종교의 역사이기 때문이다. 이러한 갈등과 통합의 일련의 과정을 우리는 현대의 '영적 체험'이라고 부를 수 있을 터인데, 이러한 영적 체험이 『전도서』의 구조의 근간을 이루고 있는 것이다.

4.

『전도서』의 중간 부분에는 『잠언』의 형식을 닮은 여러 짧은 표현들이 풍부하게 이어진다. 그것들 역시 대위적對位的 평행법 parallelism의 형식에 의탁하여 생의 본질을 적시한다. 가령 "너는 하나님 앞에서 함부로 입을 열지 말며 급한 마음으로 말을 내지 말라 하나님은 하늘에 계시고 너는 땅에 있음이니라 그런즉 마땅히 말을 적게 할 것이라"(5:2)라고 할 때, 그것은 '하나님/인간', '하늘/땅', '말씀/침묵'이라는 전형적 대위법에 의한 지혜를 담고 있다. 이러한 대위적 구조는 "꿈이 많으면 헛된 것이 많고 말이 많아도 그러하니 오직 너는 하나님을 경외할지니라"(5:7)라는 표현에서처럼 '말씀/침묵'의 갈라섬을 신성과 인간성의 분기로 등치시키기도 한다.

그리고 『전도서』는 "사람이 하나님의 주신 바 그 일평생에 먹고 마시며 해 아래서 수고하는 모든 수고 중에서 낙을 누리는 것이 선하고 아름다움을 내가 보았나니 이것이 그의 분복이로다"(5:18)라는 부분에서는 현세적 긍정에 개입하시는 하나님의 은총을 강조하고 있다. 그런가 하면 "저가 비록 천년의 갑절을 산다 할지라도 낙을 누리지 못하면 마침내 다 한곳으로 돌아가는 것뿐이 아니냐"(6:6)라는 표현에서는 인간의 쓸쓸한 귀의를 암시하고 있다. 이러한 양면성, 곧 인간 존재에 대한 낙관성과 비극성의 흔연한 혼효混淆는 일종의 낭만주의적 속성을 내비치고 있는 부분이다.

문예사조에 나타난 낭만주의의 기조는 일종의 '동경憧憬'인데, 그 같은 동경의 배경에는 '극성極性의 원리', 곧 생의 이념을 양극적 대립에서 완성을 기하는 운동, 대립을 고차원적 제삼자로 극복하는 운동이 깔려 있다. 따라서 이러한 대극적 원리들을 포괄하여 일종의 통일성을 추구하는 것이 낭만주의의 중심사상이 된다. 그러므로 이같이 유토피아적 통일성을 지향하는 낭만주의적 상상력이 '종교적 상상력'의 근원이 되고, 여기서 우리나는 진실한 페이소스가 그 언어에 나타나게 되는 것이다. 『전도서』는 이를테면 어떤 사물이든 '긍정/부정', '생성/소멸', '선/악'의 양면성을 그 몸 안쪽에 갖고 있으며, 궁극에는 그 질서가 하나님의 지혜에 의해 통합된다는 삶의 역리逆理를 반복적으로 호출한다. 예컨대 "슬픔이 웃음보다 나음은 얼굴에 근심함으로 마음이 좋게 됨이니라"(7:3)라든가 "사람이 지혜자의 책망을 듣는 것이 우매자의 노래를 듣는 것보다 나으니라"(7:5) 등은 생의 순간이 다음 순간으로 변전될 가능성을 스스로 품고 있음을 설파하는 대목이다.

> 형통한 날에는 기뻐하고 곤고한 날에는 생각하라 하나님이 이 두 가지를 병행하게 하사 사람으로 그 장래 일을 능히 헤아려 알지 못하게 하셨느니라(7:14)

하나님만이 이러한 궁극적 질서를 상상하고 실현할 수 있다는 사실, 여기서 우리는 자아 존재 속에 일어나는 일종의 자기 소원self-estrangement을 경험할 수 있다. 인간은 궁극적으로 무력한 것이니까 말이다. 하지만 하나님의 일관된 은총과 계획과 섭리 속에서 인간은 소원疎遠과 충일充溢의 극단에서 진자운동을 한다는 것이 바로 전도자의 생각의 입지가 된다. 그러니 "세상에 행하는 헛된 일이 있나니 곧 악인의 행위대로 받는 의인도 있고 의인의 행위대로 받는 악인도 있는 것이라 내가 이르노니 이것도 헛되도다"(8:14)라는 진술이 가능해진다. 이처럼 『전도서』는 세상이 인과응보因果應報대로 이루어지지 않음을 말하면서, 어느 한쪽에 치우치지 말고 중용中庸을 지켜 살기를 권하게 된다.

원래 '역설逆說, paradox'은 동서양을 막론하고 '높은 정신'들이 한결같이 도달한 이 세상의 구성 원리이자 실재實在의 형식에 대한 표현법이다. 그것은 상황 자체가 하나의 역설적 상황이 되어 나타나는 경우도 있지만, 언어적 표현 자체가 '역설'의 형식을 불가피하게 띨 경우가 더 많다. 『전도서』의 역리가 대개 역설의 형식으로 구성되어 있는 것 역시 그러한 정신적 지경地境을 시사하기 위해서였을 것이다.

5.

『전도서』의 다음 부분은 모든 사람의 동일한 운명에 대해 설파한다. 가령 "하나님의 모든 행사를 살펴보니 해 아래서 하시는 일을 사람이 능히 깨달을 수 없도다 사람이 아무리 애써 궁구할지라도 능히 깨닫지 못하나니 비록 지혜자가 아노라 할지라도 능히 깨닫지 못하리로다"(8:17)라고 할 때, 전도자는 하나님의 전지전능하심과 인간의 '알 수 없음'을 대비적으로 강조한다. 자신을 포함한 모든 인간의 불가피한 운명이 그것이다.

> 네 헛된 평생의 모든 날 곧 하나님이 해 아래서 네게 주신 모든 헛된 날에 사랑하는 아내와 함께 즐겁게 살지어다 이는 네가 일평생에 해 아래서 수고하고 얻은 분복이

니라(9:9)

하지만 전도자가 세상의 '복'을 완전히 부정하는 것은 아니다. 그는 "종용히 들리는 지혜자의 말이 우매자의 어른의 호령보다 나으니라"(9:17)라든가 "너는 아침에 씨를 뿌리고 저녁에도 손을 거두지 말라 이것이 잘 될는지, 저것이 잘 될는지, 혹 둘이 다 잘 될는지 알지 못함이니라"(11:6) 같은 데서 세상의 선악 간의 판단을 유보하면서도 그러한 구분이 하나님의 주권 아래에서 분명하게 존재한다는 사실을 재차 강조한다. 그래서 '청년'으로 설정된 2인칭 청자들에게 세속적 가치의 완만한 성취를 권고할 수 있는 것이다

청년이여 네 어린 때를 즐거워하며 네 청년의 날을 마음에 기뻐하여 마음에 원하는 길과 네 눈이 보는 대로 좇아 행하라 그러나 하나님이 이 모든 일로 인하여 너를 심판하실 줄 알라(11:9)

그리고 그 '청년'은 다음에 가장 유명한 2인칭으로 등장하게 된다.

너는 청년의 때 곧 곤고한 날이 이르기 전, 나는 아무 낙

> 이 없다고 할 해가 가깝기 전에 너의 창조자를 기억하라 해와 빛과 달과 별들이 어둡기 전에, 비 뒤에 구름이 다시 일어나기 전에 그리하라 그런 날에는 집을 지키는 자들이 떨 것이며 힘있는 자들이 구부러질 것이며 맷돌질하는 자들이 적으므로 그칠 것이며 창들로 내어다 보는 자가 어두워질 것이며 길거리 문들이 닫혀질 것이며 맷돌 소리가 적어질 것이며 새의 소리를 인하여 일어날 것이며 음악하는 여자들은 다 쇠하여질 것이며 그런 자들은 높은 곳을 두려워할 것이며 길에서는 놀랄 것이며 살구나무가 꽃이 필 것이며 메뚜기도 짐이 될 것이며 원욕이 그치리니 이는 사람이 자기 영원한 집으로 돌아가고 조문자들이 거리로 왕래하게 됨이라(12:1-5)

왜 전도자가 '청년의 때'를 강조하고 그때를 '곤고한 날이 이르기 전, 나는 아무 낙이 없다고 할 해가 가깝기 전'이라고 규정하는지에 대해서는 생각할 거리가 적지 않다. 아마도 노경老境에 이르러 생의 회의를 겪는 것보다 젊었을 적에 '창조자를 기억'하라는 것은 길지 않은 생에서 어떤 준비가 필요한 것인지를 대비시키려는 현실적인 뜻이 담겨 있다. 그래서 "해와 빛과 달과 별들이 어둡기 전에, 비 뒤에 구름이 다시 일어나기 전에" 창조자의 뜻과 섭리를 기억하라는 것이다. 그만큼 『전도서』는 생의 헛됨이 편재적遍在的으로 존재한다는 것을 승인하는 동시에, 그럼에도 불구하고 '창조자에 대한 기억'을 동시에 권고함으로써 "사람이 자기 영원한 집으로" 돌아가는 궁극적 질서의 이중적 역리逆理를 들려준 것이다. "그 주신 하나님께로 돌아가기 전에 기억하라"(12:7)는 말씀은 그래서 "일의 결국을 다 들었으니 하나님을 경외하고 그 명령을 지킬지어다 이것이 사람의 본분이니라 하나님은 모든 행위와 모든 은밀한 일을 선악간에 심판하시리라"(12:13-14)라는 인간의 '본분'과 하나님의 '심판'으로 귀결되는 것이다. 그 '본분'과 '심판'을 '헛됨'의 기운 속에서도 기억하라는 것이다.

6.

이렇듯 『전도서』는 불확실한 미래와 확실한 죽음 앞에 서 있는 인간들에게, 허무와 절망 가운데서 생의 의미를 찾지 못할 인간들에게, 어떻게 사는 것이 근원적인 질서를 따르는 것인지를 섬세하게 들려준다. 물론 전도자는 처음과 끝에서 모든 것이 헛되다고 말한다. 그 허무와 절망을 하나님에 대한 외경과 긍정으로 끝맺어가는 굴곡을 읽어내는 안목이 우리에게 필요한 '지혜'의 참모습이다.

물론 인생의 허무함에 대한 전도자의 이러한 탄식은 『창세기』의 세계관을 그대로 반영하는 것이다. 예컨대 창조의 은총에서 벗어나 타락하고 일그러진 인간이 노동의 수고를 불러왔고 그것이 얼마나 헛된 자율성이었는가를 온몸으로 경험하게 되는 과정을 통해, 『전도서』는 유대 공동체를 다시 한번 하나님께 인도하려는 속내를 담고 있었던 것이다.

우리가 읽어보았듯이, 『전도서』는 다양하고 산만한 구성을 취하고 있다. 꽉 짜인 서사가 아니라 편편片片이 독립적 가치를 가지는 전언으로 배열되어 있기 때문에, 『시편』이나 『잠언』처럼 견고한 질서에 의해 구성되어 있지 않다. 이러한 구성상의 특징으로 독자들에게는 더욱더 다양한 표현 방식과 넘치는 인생관을 보여주고 있다. 하지만 『전도서』가 자유분방한 파편성으로 존재하느냐 하면 그건 아니다. 왜냐하면 하나의 통일성unity을 유지하고 있기 때문이다. 삶에서 가장 근본적이면서도 중요한 진리인 그것은 바로 하나님만이 사물의 의미를 아신다는 것을 알린다. 다시 한번 핵심 구절을 읽어보자.

> 너는 청년의 때 곧 곤고한 날이 이르기 전, 나는 아무 낙이 없다고 할 해가 가깝기 전에 너의 창조자를 기억하라 (12:1)

기독교에서 역사를 바라보는 관점은 그것이 하나님의 일관된 계획과 섭리의 결과라고 하는 해석에 근본적으로 토대를 둔다. 하나님은 자신의 뜻과 사랑을 역사라는 구체적 현장에서 드러내시고, 인간 또한 자신들의 구체적 삶 속에서 그분의 말씀과 뜻을 깨우치게 된다. 이러한 상호작용은 '창조자'와 '선택된 백성'이라는 관계를 통해 악한 세상과의 선한 싸움에 가속도를 붙인다. 그만큼 인간의 삶과 역사는 하나님의 철저한 개입과 주관에 의하여 이루어진다는 것이 기독교의 근본적인 사유양식이다. 그러나 우리가 '역사歷史'를 떠올릴 때 그것은 아득한 시간의 격차를 사이에 두고 과거와 현재가 일종의 유비類比 관계에 섬으로써 우리의 현재 삶에 하나의 지혜로 수렴된다. 그것이 바로 하나님에 대한 궁극적 긍정일 것이다.

이는 인격적 하나님께서 배타적인 주도권과 계획을 가지시고, 자연의 질서뿐만 아니라 윤리적 질서까지도 창조하고 섭리하신다는 것을 함의한다. 그 하나님은 최고 선善의 원천이며, 신앙 고백의 직접적인 청자이다. 히브리 성서의 자료를 보면, 이스라엘 사람들은 이러한 하나님 신앙을 가지고, 그분이야말로 세상의 창조자요 주재자요 심판자라는 것을 고백해왔다. 이것이 『전도서』가 딛고 있는 세계관인 것이다.

7.

일반적으로 '종교宗教'는 인간이 자기 자신의 존잿값에 대하여 깊이 묻고 따지는 데서 생기는 인간 실존의 한 사건이다. 그리고 종교는 그러한 자기 응시의 시선이 절대 타자를 향해 확장되어가는 원형 회귀의 회로를 그 메커니즘으로 가진다. 이때 그 회귀의 매개적 힘이 되는 것이 인간의 이른바 '궁극적 관심ultimate concern'이다. 그러나 그 궁극적 실재에 대한 관심은 또다시 자기 질문으로 순환하고 그 해답을 좇아 인간은 실존적 결단을 해가며 삶을 영위하는 것이다. 따라서 종교는 그 성격상 인간의 자기 인식 및 자기 성찰과 떼어질 수 없으며 인간의 삶을 떠나서는 생각할 수 없는 것이다. 종교적 삶이 이성적 합리주의와 영적 초월이라는 두 경계선을 부단히 오가야만 하는 까닭이 바로 여기에 있다. 곧 종교적 인식에 토대를 두고 세계를 이해한다는 것은 결국 자기를 포함한 인간의 역사와 현실에 관심을 투사하는 일과 추상적이고 절대적인 궁극적 실재에 대한 관심을 가지게 되는 것의 양 측면을 아울러 이름하는 것이다. 이러한 양극의 통일성은 다른 종교에서도 나타난다.

좀 엉뚱한 비유이지만, 불교 이야기를 한번 해보자. 우리가 알고 있듯이, 부처는 나이 80이 넘은 노구老軀를 이끌고 고향인 카필라밧투로 가는 길에 죽음을 맞이한다. 그는 그때 누군가 정성스레 바친 공양 음식을 들고 바로 병을 얻게 되었다. 부처는 거기서 가까운 쿠시나가라성 밖의 한 맑은 물에서 목욕을 한 다음, 인근 사라나무 아래에서 자리를 깔고 머리를 북쪽으로 한 채 누워서 죽음을 맞는다. 그렇게 열반에 들기 전 부처는 함께 가던 제자들에게 마지막 당부를 한다. 그의 가르침은 이렇게 전해져온다.

> 모든 것은 소멸되어간다. 게으름 피우지 말고 정진하거라!

불교의 창시자라 할 수 있는 이의 마지막 교훈으로는 참으로 평범하고도 해묵은 가르침이 아닐 수 없다. 하지만 대조되는 두 개의 문장은 의미심장하게 다가온다. 그것끼리 상충하면서 절묘하게 조화를 이루고 있기 때문이다. 이러한 '소멸의 불가피성'과 '정진의 권고'는 『전도서』가 발화하는 '헛됨'과 '기억'의 이중주와 고스란히 겹친다. 이러한 사례는 보편적 지혜가 타자에 의해 발화될 수도 있다는 사실을 웅변한다. 결국 이러한 가르침은 반反문명론이나 인문주의적 상상력이라는 시대적 명제에 상응하는 대체 모델의 한 사례가 될 수 있을 것이다. 또한 어떤 기록이 주체 검색을 통해 타자 탐구로 퍼졌다가 다시 자기 자신으로 귀환하는 원점 회귀의 욕망을 담은 형식이라는 점을 증언하게 될 것이다.

최근 출간된 영국의 진화생물학자 리처드 도킨스의 『만들어진 신』과 슬로베니아의 철학자 슬라보예 지젝의 『죽은 신을 위하여』는 한결같이 신의 허구성과 무력함을 설파하고 있다. 도킨스는 "종교 없는 세상을 상상해보라"는 제안 속에서 신의 비존재성과 피조성被造性 그리고 그것의 심리적·문화적 뿌리를 탐침한다. 말하자면 신의 존재를 믿는 이들에게 "종교적 욕구를 충동질한 자연 선택의 압력들"을 탐색함으로써 그것이 인간이 창조한 담론 구조임을 역설한다. 우리는 이러한 신의 피조성과 죽음 담론을 뛰어넘어 침묵이라는 형식을 택하신 하나님, 오늘도 말씀하시는 하나님을 섬세하게 만나야 할 것이다. 『전도서』가 이토록 확연한 이중성으로, 풍부한 문학적 수사로, 반전의 풍요로움으로 그 만남의 장을 만들어줄 것이다. 거기서 우리의 '지혜'가 초청해들이는 불가피한 고통과, 그 고통을 넘어서는 삶의 궁극적 관심을 한껏 경험해보는 것도 좋지 않을까 한다.

파시즘의 폭력에 맞선 '신앙적 저항'
—메리 글래즈너의 『진노의 잔』

총을 든 사제司祭의 모습을 생각해본 적이 있는가? 더구나 그 총이 그냥 단순한 물리적 과녁이 아니라 천하와도 바꿀 수 없다는 사람의 생명을 겨누고 있다면, '총을 든 사제'의 모습은 상상하기도 어려운 자기모순이 아닐까? 사제가 살인을 꾀하다니, 뭇 생명을 중히 여겨야 하는 신神의 명령을 받은 성직자가 어떻게 그럴 수 있단 말인가? 설령 그 대상이 잔혹하기 그지없는 악인惡人일지라도 하나님의 소임을 맡은 사제가 살인을 저지른다는 것은 용서될 수 없는 범죄가 아닐까?

이러한 질문들은 우리를 당혹게 한다. 신앙적 기준과 윤리적 기준의 통합을 오랫동안 훈련해온 우리로서는, 살인은 절대악絶對惡이며 아무리 나쁜 사람이라도 하나님께서는 용서해주실 수 있다는 믿음을 가지고 있다. 그런데 정말 역사 속에서 총을 빼들고 악인을 암살하려 했던 사제가 있었다면 어떻게 되는가? 그 불가피성을 하나님은 눈감아주실 것인가? 이러한 무한 연쇄의 질문들 속에 디트리히 본회퍼(1906-1945) 목사가 존재한다.

『진노의 잔The Cup of Wrath』(권영진 역, 홍성사, 2006)이라는 작품은 나치에 저항하고 히틀러 암살 계획을 세웠다가 불발로 그치고 체포되어 사형당한 본회퍼 목사의 탄생 100주년을 기념하여 출간된 일종의 실명實名 역사 소설이다. 이 책의 저자인 미국 작가 메리 글래즈너는 10년을 넘게 독일을 오가며 본회퍼 목사와 관련된 방대한 자료들을 모으고 생존자들을 인터뷰하여 이 책을 헌정하게 되었다고 밝히고 있다. 그녀는 "실제로 일어났던 일이기 때문에 아무것도 상상할 필요가 없었다"(「저자의 말」)라면서 이 책이 비록 픽션의 외양을 갖추고는 있지만 역사적 사실historical fact에 매우 충실한 실록實錄이라고 힘주어 말한다. 그래서 이 책은 '소설'이지만 '역사'이고 동시에 '전기傳記'이기도 한 다중적 속성을 구비하고 있는 것이다.

본회퍼 목사는, 잘 알려져 있듯이, 나치에 저항하다 나이 서른아홉에 순교한 목사이자 신학자이다. 그는 아버지가 베를린대학 정신의학 및 신경의학 교수로 부임하면서 베를린대학의 학문적 분위기 속에서 성장하였고, 튀빙겐대학에서 신학 공부를 시작하여 베를린대학에서 박사학위를 받았다. 베를린대학 신학부에서 교수 자격을 취득하였고, 미국 유니언 신학교에서 교환 학생으로 공부하기도 하였다. 그후 귀국하여 베를린대학 신학 강사 및 세계교회협의회 간사로 활동하였고, 같은 해 목사 안수를 받았다. 1933년부터 나치 정권에 대한 저항 운동에 가담하였고, 변호사인 매형 한스 폰 도나니의 소개로 히틀러 정권을 전복시키려는 단체를 알게 되면서부터 치열한 저항 운동을 벌였다. 그 과정에서 1943년 4월에 매형 부부와 함께 체포되어 테겔 육군 형무소에 수감되었고, 1945년 4월 9일에 교수형에 처해졌다. 사후에 『윤리학』(1949), 『옥중서신』(1951) 등 그의 대표 저작들이 출간되었다. 이러한 그의 선 굵은 생애가 이 책에서는 다양한 인물들과의 상호작용을 통해 부조浮彫되고 있는 것이다.

이 책은 모두 4부로 구성되어 있다. 그 대강의 골격은 다음과 같다. 제2차세계대전 무렵, 본회퍼는 젊은 나이에도 불구하고 명망 있는 신학자로 인정받고 있었다. 하지만 독일의 정세는 나치의 득세와 군림으로 인해 분열되어 있었다. 가령 친親나치의 입장에 있는 사촌형 후고는 다음과 같이 말한다. "오직 힘만이 독일의 유일한 희망이라는 걸 (…) 우리는 하나의 통일된 제국으로 뭉치는 독일 부흥의 기로에 서 있어. 반드시 이루어내야 해! 이를 실현시킬 사람은 히틀러밖에 없어"(43쪽)라고 말한다. 히틀러 외에는 현실적 대안이 없고, 그를 중심으로 독일 민족주의의 발흥을 꾀할 수밖에 없다는 생각을 피력한 것이다. 하지만 본회퍼는 교회 개혁자들의 모임에서 "그러나 국가가 하나님의 법에 저촉이 될 때는, 무엇보다 이번 경우에는 한 민족 전체가 인종 차별로 피해를 당하게 되었습니다. 교회의 입장을 밝혀야 합니다. 교회는 국가에 권위의 한계를 상기시켜주어야 합니다"(70쪽)라고 항변한다. 교회가 국가 권력의 부당성에 대해 전면적으로 항거해야 함을 외친 것이다. 이러한 그의 신념과 행동의지는 "이제 가야 할 길이 정해졌다. 고백 교회의 제안을 받아들일 것이고, 그 길 위에 놓여 있는 위험들은 하나님의 인도하심에 맡기리라. 그에게 주어진 숙명적인, 피할 수 없는 특권이었다!"(135쪽)라는 표현으로 이어진다. 그만큼 히틀러가 보여준 광기와 폭력성에 대해 하나님의 성전聖戰을 치를 태세를 보여준 것이다.

그런데 당시 독일 교회는, 히틀러를 옹호하는 '독일 교회'와 하나님 중심을 부르짖는 '고백 교회'로 분열되어 있었다. 본회퍼는 '고백 교회'를 대표하는 신학자이자 목사였는데, 그 반대편에 선 베를린대학 학장 헤켈은 그를 자기편에 끌어들이려고 노력한다. 하지만 본회퍼는 신앙의 양심을 지켜 스위스 국경을 넘는 수많은 유대인에게 도움을 주는가 하면, 밖에서 일어나는 대전大戰의 참상과 독일 교회의 현실을 알리는 저항 운동을 지속한다. 이때 그는 "고난 당한 것이 내게 유익이라. 이로 인하여 내가 주의 율례를 배우게 되었나이다(시 119:71)"(322쪽)라는 성경 말씀을 묵상하면서 자신의 생애의 일관성과 지속성을 지킨다. 본회퍼는, 그렇게 나치 정권의 특혜를 누리며 얼마든지 학문에만 전념할 기회가 있었지만, 성령의 인도를 좇아 신앙의 양심을 지킨 것이다.

결국 그의 도움으로 수많은 유대인들이 스위스 국경을 넘어 새로운 인생을 살 수 있었고, 그가 평생 신념을 가지고 헌신했던 에큐메니컬 활동도 결실을 거두어간다. 그래서 교회라는 공간에서 이루어지는 설교의 언어나 상아탑에 갇혀 있는 학문으로서의 언어가 아닌, 그리스도를 의지하고 일어나 자신의 신앙과 신학의 표지標識를 행동으로 보여주게 된다. 그것이 결국 강단의 언어만으로는 나치에 저항할 방도가 없다고 판단한 후 내리게 되는 히틀러 암살 계획으로 이어진다. 하지만 여러 차례에 걸친 암살 시도는 모두 실패로 돌아가고, 본회퍼는 게슈타포에 의해 체포된다. 그리고 종전을 목전에 둔 1945년 4월 9일, 히틀러의 특별 명령에 의해 교수형에 처해진다. 이러한 일련의 저항, 체포, 죽음의 과정에서 본회퍼 목사는 자신의 생각을 에버하르트에게 전하는 서신 형식으로 정리해 남기고 있다.

> 만약 사람이 자기 힘으로 무엇인가를 하겠다는 마음을 철저히 포기한다면, 결국은 자기 스스로 아무것도 할 수 없다는 것에 부딪치는 삶의 현장에서 자신을 하나님

의 품 안에 던지게 된다. 그렇게 될 때, 거기서 자신의 고난으로부터 벗어나게 되고, 오히려 이 세상의 고난을 짊어지고 세상과 함께 고통하는 그리스도의 고난을 진실로 만나게 된다. 그때 우리는 겟세마네 동산의 그리스도와 함께 깨어 있게 된다. 생각하건대 이것이 바로 믿음이요, 회개이며, 이렇게 하여 참 인간이요 참 그리스도인이 된다.(예레미야 45장을 참조하기를!) 사람이 삶의 현장에서 하나님의 고난을 당하며 동참하다 보면, 어찌 성공했다고 교만해지고, 실패했다고 좌절할 수 있겠는가?(527쪽)

이러한 생각은 본회퍼의 일관된 저항과 정결한 삶을 추동하는 근원적 힘이 되었다. 말하자면 불의에 의해 자행되는 폭력적 현장에서 스스로 감내하는 고난이야말로 신앙인의 존재를 증명해주는 생의 형식이며, 그것을 하나님과 같이 감당하는 것 외에는 우리가 신앙인으로서 자기 정체성을 드러낼 수 있는 방법은 없다는 판단이다. 그래서 눈물의 선지자 예레미야를 떠올리면서 본회퍼는 고통과 폭력 앞에 노출된 자기 조국 독일을 눈물 젖은 눈으로 응시한 것이다. 그 '눈물'의 결과가 허무와 감상感傷으로 귀착되지 않고, 저항과 신념의 행동으로 나타난 것이 본회퍼의 행동적 언어가 우리에게 남겨준 역사적 몫이다. 그가 우리에게 마지막으로 남겨준 설교의 한 대목은 다음과 같다.

모든 그리스도인은 언젠가 한번 자신의 생애 가운데 이러한 질문을 하게 됩니다. 모든 일이 거꾸로만 돌아가고 있을 때, 이 땅의 모든 소망이 사라질 때, 저항할 힘도 없이 원수의 손에 넘겨질 때, 누구나 다 이런 질문을 자신에게 하게 될 것입니다. 그러나 예수 그리스도의 십자가 안에서 하나님을 보고 만난 자는 하나님께서 얼마나 신기한 방법으로 이 세상 한가운데 숨어 계시며, 이 세상에서 걸어 나와 십자가로 향하시는지 보게 됩니다. 주님께서 제자들에게 겟세마네 동산에서 말씀하신 대로 "한시도 나와 함께 깨어 있을 수 없느냐?"고 우리에게도 경고하십니다. 하나님은 우리를 이 세상에서 그리스도와 함께 고난을 나누도록 부르고 계십니다. 개인적인 필요, 개인적인 문제, 죄와 걱정, 자기중심적인 사유와 관심을 벗어나서 예수님의 길에 동행하도록 부르십니다. 낮아짐의 길이요 고난의 길이기는 하지만 사랑과 용서의 길 말입니다. 그리하여 "그가 채찍에 맞음으로 우리가 나음을 입었도다"라는 말씀이 성취되는 것입니다."(604쪽)

이러한 역설의 신념과 의지가 본회퍼를 불굴의 저항적 초상으로, 그리고 아름다운 '총을 든 사제'의 모습으로 역사에 남긴 것이다. 여기서 우리는 폭력에 대한 '대항 폭력'의 신앙적 의미를 다시 한번 되새기게 된다. 그것은 과연 정당방위적 속성으로 인해 용서받을 수 있는 것인가? 아니면 그것도 폭력의 일환이기 때문에 용서받을 수 없는 것인가? 이처럼 본회퍼의 언어와 행동의 일관성은 아직도 근대적 과제를 산적해놓고 있는 우리에게 단연 시사적으로 다가오는 것이다. 『진노의 잔』은 우리가 불의에 눈감았을 때 하나님의 '진노의 잔'을 피할 수 없다면서, 그 잔을 용서와 화해의 잔으로 바꿀 것을 역사 속에서 요청하고 있다. 그러지 않을 경우 하나님의 진노가 우리에게 임하고, 언젠가 우리는 이 진노의 잔을 한 방울도 남김없이 마셔야만 한다는 역사적 교훈을 우리에게 동시대적으로 들려주고 있는 것이다.

결국 2차대전의 서막이 된 폴란드 전쟁의 참상을 지켜본 본회퍼의 어머니 파울라의 눈에 비친 이 '진노의 잔'의 형상은, 히틀러가 초래한 잔혹한 전쟁터에서 독일 청년들이 목숨을 잃는 동안 그저 침묵으로 일관했던 당시 독일 교회에 대한 쓰디쓴 고발의 은유이자, 현실의 고통 앞에 새로운 행동을 요청받고 있는 우리에게 고통스러운 자기 고백으로 다가온다. 본회퍼는 "두 말이 필요 없으신 분은 오직 예수님 한 분 아니십니까? 율법의 주인이신 예수님만이 법을 재해석하실 수 있습니다. 그분께 마지막 판단을 맡겨야 합니다"라면서 교수형 틀 아래 무릎을 꿇는 순간에도 멀리 철조망 너머 어둠이 가신 땅에 밝아오는 하나님 나라의 여명을 보았다. 그 여명에 대한 신념이 지금 독일 민족의 자기반성의 밑거름이 되었으며, 동시에 부끄러움을 모르는 제국주의 협력 세력에 대한 강력한 항체抗體로 존재하는 것이다. 『진노의 잔』은 이처럼 전쟁의 소용돌이 속에서 인간을 사랑하고 기독교 신학과 교회를 지키려 했던 디트리히 본회퍼 목사의 뜨거운 삶을 사실적으로 재구再構해낸 역작力作이자, 신앙의 참모습에 대한 유력한 질의록質疑錄이기도 한 것이다.

최근 우리 사회는, 2차대전 당시 동양의 주변국은 물론이고 모든 타자들을 자신의 안으로 해소시키려 했던 일본제국주의의 '전도된 오리엔탈리즘'의 담론 체계에 대한 활발한 해석을 축적해가고 있다. 제국주의 협력자들에 대한 단호한 청산의 요청에서부터 그러한 요청의 정치적 음모를 고발하는 행동에 이르기까지 그 담론적 편차는 무척 커 보인다. 하지만 우리는 민족주의가 가진 불치不治에 가까운 동일성 집착이나 배타적 로컬리즘 혹은 모든 합리적 기제들을 약화시키는 과잉된 쇼비니즘의 여러 역기능에도 불구하고, 역사의 구체적 국면에서 폭력적인 자기 훼손의 행위들을 보여준 이들에 대한 폭넓은 자기반성을 치러야 한다. 『진노의 잔』은 비록 역사의 구체적 국면은 다를지라도, 제국주의와 파시즘이 결합된 엄혹한 체제 아래서 한 지식인이자 사제가 보여준 행동을 통해 우리에게 이러한 반성의 목소리를 요구하고 있다 할 것이다.

결국 『진노의 잔』은 공의로우신 하나님께서 세상의 폭력에 대해 진노하신다는 것을, 그 폭력에 대해 눈감고 성전 안으로 유폐된 신앙에 대해 진노하신다는 것을 상징적으로 보여준다. 다시 말하면 하나님을 떠난 잔혹함, 교만함에 대해, 그리고 불경건에 대해 하나님은 진노하신다는 전언을 들려주고 있는 것이다. 이처럼 『진노의 잔』은 파시즘의 폭력에 맞선 '신앙적 저항'의 역사적 국면을 구체적으로 보여주는 증언이라 할 것이다.

'천사'가 일깨워준 새로운 삶
—마사 베크의 『아담을 기다리며』

1994년에 노벨문학상을 수상한 일본 작가 오에 겐자부로大江健三郎의 작품 가운데 『개인적 체험』이라는 것이 있다. 원래 사소설私小說적 전통이 뿌리깊은 일본이기 때문에 조금 덜했을지는 모르지만, 작가의 이색적인 자기 고백이 담겨 있는 이 작품이 당대의 국내 독자들에게 준 충격과 감동은 결코 작은 것이 아니었다. 그만큼 작가 개인의 가장 내밀하고도 직접적인 경험을 담은 이 소설의 내용은, '뇌 헤르니아'라는 기형의 병을 앓고 있는 장애 아이를 키우는 버드라는 사내의 이야기로 구성되어 있다. 머리에 혹이 달린 아이는 뇌수술을 받지 않으면 곧 죽게 된다. 장애아를 살려 키울 것인가 아니면 미필적 고의로 죽게 내버려둘 것인가. 이때 주인공은 자신의 선택으로 인해 한 생명이 살 수도 있고 죽을 수도 있다는 사실에 적잖은 부담을 느낀다.

결국 주인공은 수술을 결정하게 되고 장애아인 아이를 살려 돌보게 된다. 실제로 오에 겐자부로가 장애인인 아들을 키웠던 '개인적 체험'이 반영된 이 작품은, 그 과정에서 느꼈을 법한 한 인간의 번민과 고통이 소설의 직접적인 내인內因을 이루고 있다는 점에서 강렬한 감동과 공감을 자아낸다.

칼럼니스트 마사 베크의 자전적 회상록 『아담을 기다리며』(녹색평론사, 2002)는 여러 면에서 『개인적 체험』을 환기하고 있다. 우선 이 작품은 아이를 가지게 되고, 그 태아가 다운증후군을 가진 것을 알게 되고, 그 아이를 낳기로 결정하고, 산고 속에서 아이를 낳고 기르는 부부의 고통스러운 이야기를 담고 있다. 또한 이 작품은 작가의 실제 경험에 철저하게 기초를 두고 있다. 제삼자의 눈에는 휴머니즘의 발현으로 보이는 이 같은 부모의 헌신과 애정이 실은 엄청난 고통과 번민과 망설임과 안간힘의 결과라는 것을 두 작품은 매우 선명하게 보여주고 있는 것이다.

그러나 『개인적 체험』에 나타나는 개인적 결단의 과정에 비해 『아담을 기다리며』는 우리의 삶을 움직이고 있는 근원적이고 신성한 존재와 그로 인해 삶의 가치와 우선순위가 변화하는 과정에 중심을 두고 있다는 점이 다르다. 그래서 자신이 집착했던 가치나 삶의 양식에서 벗어나 진정한 삶의 가치에 이르는 감동적인 전신轉身의 서사가 뼈대를 이루고 있다는 점이 이 작품과 『개인적 체험』이 갈라지는 지점이 된다. 그리고 이 작품은 한결 밝고 활력에 차 있다. 이 작품을 종교적 각성의 한 은유隱喩로 읽을 수 있는 까닭도 이러한 활력과 전신의 에너지 때문이다.

하버드의 엘리트 학생 부부인 마사와 존이 둘째 아기를 임신하게 된다. 산과 검사 결과 뱃속의 아기인 '아담'이 다운증후군을 가지고 있다는 것이 밝혀진다. 임신 중절을 하라는 주위 사람들의 숱한 권고에도 불구하고 그들 부부는 아이를 낳기로 결심한다. 그 과정에서 겪게 되는 여러 고통과 절망, 불안에도 불구하고 '아담'으로 인해 그들 부부는 지금까지 살아오면서 중요하게 생각했던 가치들과 하나하나 결별한다. 그리고 그동안 살아왔던 것과는 전혀 다른 안목으로 사물을 바라보고 삶에서 가장 중요한 것은 무엇인지에 눈떠가게 된다. 『아담을 기다리며』는 이처럼 주인공 마사와 존이 그들의 아들 '아담'을 통해서 이르게 되는 자기 발견의 이야기이다.

이 작품의 흐름은 시간의 선형적線形的 구조를 따르고 있지 않다. 작가의 기억 속에 각인되어 있는 여러 풍경과 삽화들이 그때그때의 기억의 충실성에 의해 순서 없이 나열되고 있다. 아담을 가지기 전, 아담을 가진 후, 아담을 낳던 때, 아담을 키우면서 등의 시간이 뒤섞여서 일정한 배열 원리 없이 구성되어 있는 것이다. 그래서 이 작품은 '아담'을 둘러싸고 일어나는 삶의 변화의 여러 결을 보여주는 데 작품의 초점이 있지, 장애아를 키우면서 삶을 극복해가는 휴먼다큐식의 서사에 중심이 있지 않다. 그런데 이들이 그토록 힘든 고통을 감내하면서 기다린 '아담'은 누구인가.

먼저 '아담'은 태어날 때부터 다운증후군을 앓는 선천성 장애아다. 그는 "고개가 한편으로 기울고, 입은 헤벌어지고, 혀가 늘어져나오고, 눈은 초점을 잃"(121쪽)은 외관을 하고 있는, 어찌 보면 한 가정에 근심과 한숨을 가져다줄 것만 같은 존재이다. 그래서 존도 처음에는 임신 중절을 생각하게 되고, 주위 사람들도 그들 부부의 자기 성취를 위해서 '아담'으로부터 떨어져나올 것을 권면한다. 그러나 '아담'을 가지게 되면서 겪게 되는 이들 부부의 신비한 경험들, 예컨대 집에 화재가 났을 때 마사를 구해주었던 손길 같은 '보이지 않는 존재들(인형 조종자)'의 도움을 통해 그들은 "생활이 전적으로 나 아닌 누군가의 통제하에 있다는 기괴한 기분"(61쪽)을 느끼게 된다. 따스한 이웃들, 적절한 조언을 해주는 사람들, 그들 앞에서 펑펑 울고 마는 그들 부모의 애정도 이러한 변화에 중요한 몫을 한다. 이 순간 그들이 기다리던 '아담'은 장애아로부터 신성한 존재로 탈바꿈된다. 결국 아담을 통해 만나고 알게 된 이런 신성한 존재들과의 신비로운 소통을 통해 "너무나도 논리적인 사람"(33쪽)이었던 마사는 자신이 "내 자식인 이 아이는 내가 다 이해하지 못하는 영혼을 지니고 있다는 것, 내가 그를 '정상적'인 아이로 만들려고 애쓰며 겪는 고통에 대해 안쓰럽게 생각하고 있다는 것, 그리고 나의 많은 결함에도 불구하고 그는 나를 사랑한다는 것"(79쪽)을 알아가게 되는 것이다.

작품 처음부터 끝까지 집요하게 반복되고 있는 마사의 가혹한 '구토증'은 이러한 발견과 변화에 따르는 고통이 얼마나 큰 것인가를 암시한다. 그러나 이 모든 고통에도 불구하고 아담은 그들의 생을 고통으로부터 축복으로 이끈다. 그래서 마사는 "아담은 그를 갖기 전에 내가 느낀 어떤 것도 능가하는 행복감을 가져다주었다. 그것은 사물의 핵심을 보는 것, 가던 걸음을 멈추고 장미뿐만 아니라 관목들까지 냄새를 맡아보는 것에서 오는 것"(84쪽)이라는 고백에 이른다. 마찬가지로 존 역시 "황량한 황무지 대신에 온갖 가능성이 충만한 세상에 온 것을 알게 되었다. 그곳을 버리고 과거의 싸움터로 돌아가서 최고의 자리를 차지한다 해도 그건 전혀 바랄 만한 일이 아닌 것 같았다"(290쪽)라는 변화를 겪는다. 이 모든 것이 아담이 가져다준 신비로운 은총이다. 그만큼 "조그만 기적들이 항상 아담 주위에서 일어난다"(109쪽)는 것, 그리고 "나는 내가 받은 그 모든 교육과 훈련에도 불구하고 즐겁게 사는 것에 대해 내가 아는 거의 모든 것은 학교에서가 아니라 단 한 사람 내 아들에게서 배웠다는 것"(123쪽), "아담에게는 사물의 외면적 일상성을 꿰뚫고, 그것이 내면에 지니고 있는 마술을 알아보는 능력이 있다"(202쪽)는 것에 대한 일련의 귀중한 발견이 뒤따르면서 그들의 생은 변화한다. 이 책의 부제가 "A True Story of Birth, Rebirth, and Everyday Magic"인 것을 참조하면, 이들 마사와 존의 삶은 탄생과 재탄생 그리고 매일 일어나는 마술로 구성되어 있는 것이다. 그 일상적 마술이 '아담'으로 인하여 생겨나는 조그만 기적들의 다른 이름임은 말할 필요도 없다.

이 가운데 마사가 고통 속에서 듣게 되는 신성한 음성과, 특별히 마사가 진통의 혼몽중에 바라본 "공중에 서 있는 한 쌍의 맨발"(302쪽)은 예수 그리스도의 감각적 형상으로 보아도 손색이 없다. 생의 극한에서 만나게 되는 신의 음성과 손길과 맨발, 그것들은 "사랑하면 눈이 먼다는 말은 아주 틀린 말이다. 사랑은 지상에서 오직 하나 우리에게 서로를 가장 정확하게 보게 해주는 것이다"(234쪽)라는 발견을 통해 그들 부부를 궁극적인 사랑의 힘으로 인도한다. 그래서 이 작품의 초점은 이제 '사랑'에 가닿는다.

> 우리의 짧고 덧없는 삶을 살 만한 것으로 만드는 것은 고립된 자신을 벗어나 손을 뻗쳐 서로에게서, 그리고 서로를 위해서, 힘과 위안과 온기를 발견하는 능력이다. 이것이 인간이 하는 일이다. 이것을 위해 우리는 사는 것이

다.(147쪽)

그래서 이 "손을 뻗쳐 서로에게서, 그리고 서로를 위해서, 힘과 위안과 온기를 발견하는 능력"은 자연스럽게 사랑의 힘으로 이어진다. "방 안의 그 물리적 존재보다 더욱 놀라운 것은 그것과 함께 온 사랑이었다. 나는 빛나는 사랑의 물결에 휩싸인 느낌이었다. 그 사랑은 땅 위의 모든 고통이 조그만 흠집도 낼 수 없는 그렇게 강한 사랑이었다"(302쪽)는 발견은 그래서 이 책의 궁극적인 메시지를 이룬다.

책의 서문에서 김종철 교수가 "베크 부부는 그들 자신이 이 세상에 전혀 새로이 태어나는 경험을 하게 된다. 그들은 지금까지 살아왔던 것과는 전혀 다른 안목으로 세상을 바라보고, 인생에서 무엇이 정말 소중하고, 무엇이 하찮은 것인가 하는 데 대하여 근원적인 깨달음을 얻게 되는 것"이라고 한 것은 이러한 사랑으로의 변화를 일컫는 증언이다. 그 근원적 깨달음을 던져준 '아담'은 결국 천사들의 호위를 받고 강림한 예수 그리스도의 비유 형식이 된다. 인류의 첫 사람 '아담'과 인류의 구원자인 '예수'와 선천적 장애아이자 뭇사람들에게 진귀한 은총을 주고 있는 '아담'은 이 순간 하나의 육체로 통합된다. 이처럼 이 책은 크게는 종교적 발견의 서사, 작게는 한 인간의 가치의 중심이 전이되는 자기 탐색self quest의 구조를 취하고 있다.

또한 이 작품은 장애인 문제에 대해 새롭게 접근할 수 있는 안목을 열어주고 있다. 장애아를 돌보는 것이 휴머니즘이라는 인간 본위의 실천이 아니라, 신성한 힘에 의해 주어진 은총의 일부라는 생각으로의 전환을 이 작품은 강력하게 요청하고 있다. 우리 주위에서도 흔하게 목격할 수 있는 이 같은 풍경은, 생의 재앙을 생의 축복으로 변화시키는 '보이지 않는 존재'의 힘과 은총을 함께 암시하고 있다.

마지막으로 이 작품은 이른바 '아이비리그'에 속해 있는 엘리트들의 맹목에 가까운 삶의 태도에 대한 우회적 비판의 함의도 띠고 있다. 하버드를 이루고 있는 풍경은 치열한 경쟁과 엄청난 속도, 지독한 자기중심성이다. 특히 존이 존경해왔던 유능한 사업가인 카버나 하버드의 저명한 학자이자 교수인 고우트스스트록에 대해 존이 치르는 존경과 경멸의 엇갈림은, 그 자체로 성취 중심의 지식인 사회에 대한 강한 비판을 담고 있는 전회轉回의 장면이다. 고우트스스트록 교수가 존에게 한 "암흑시대가 아직 가장 명석한 정신에까지 그림자를 드리우고 있군"(221쪽)이라는 말은, 우리 사회가 불문율처럼 전제하는 이성 중심, 효율성 중심, 자기 본위의 상상력을 그대로 드러내면서, 정말로 중요한 것은 그러한 이성적·기능적·자기중심적 영역 너머에 존재한다는 것을 역설적으로 암시하고 있다.

인간의 종교적 욕망을 "한계 상황에 대한 반응"으로 읽은 호

킹이나 "인간의 궁극적 관심"으로 읽은 틸리히의 견해를 존중한다면, 그리고 원천적으로 종교적 체험이 어떤 거룩한 실재와 접촉하는 성스러움의 경험을 동반하는 것이라면, 확실히 베크 부부가 겪은 '신성한 존재'와의 만남은 종교적 체험의 일부를 이룬다. 종교적 경험의 현상학적 특징이 자기 부정을 통하여 새롭게 자기를 재긍정하는 통과제의initiation적 과정을 겪는 데 있다는 점에서 보면 더욱 그러하다. 그러한 과정을 통하여 우리는 궁극적으로 '새로운 존재new being'가 되기 때문이다.

베크 부부는 '아담'을 통해 삶의 전환점을 엄청난 고통 속에서 찾았다. 욥이 그랬던 것처럼. 그래서 '아담'은 그들 부부를, 우리 모두를 '새로운 존재'가 되게끔 인도한 '천사'였다. 말 그대로 "하늘이 보낸 사자"였다.

'시'와 '노래'로 찬미하라

—'신곡神曲'을 꿈꾸며

1.

생각해보면, '노래'는 인간의 영혼을 소생시키고, 인간과 인간 사이의 정서적 연대는 물론, 일정한 이념이나 정신을 공유하는 매개 형식으로 더없이 좋은 예술 양식이다. 특히 '노래'는 보편적인 감동의 언어들을 일정한 가락과 멜로디에 실어 전달함으로써 많은 이들에게 공감을 부여하는 데 다른 어떤 것들보다 더 직접적이고 유용한 예술 양식이다. 그래서 수많은 종교의식이나 신앙생활에서도 '말씀'을 묵상하거나 음독하는 것과 함께 '찬송가'나 '찬미가'들을 중시하였던 것이다. 기독교 역시 그 오랜 역사를 통해 '찬송가'의 발전과 세련화 그리고 그것의 대중화를 향한 노력을 지속해왔다.

이러한 '찬송가'의 발전 역사는 한국 기독교에서도 예외가 아니어서, 1970년대부터 가스펠의 대중적 보급이 집중적으로 이루어졌고, 가스펠 가수들의 활동이 괄목할 만한 양적 팽창과 질적 심화를 이루었다. 사실 70년대나 80년대에 청소년기를 보낸 기독인들치고 가스펠을 통해 은혜 받은 경험이 없는 이들은 거의 없을 것이다. 그들은 저마다 감동적인 가스펠을 통해 신앙의 기쁨과 어려움을 체득하였고, 나아가 언뜻 딱딱한 교리로 여겨질 법한 그리스도의 고난과 사랑, 대속의 은총이나 영생의 은혜 같은 것에 대해 깊은 경험과 자각을 얻을 수 있었다.

"그때 그 무리들이 예수님 못박았네"로 시작되는 노래에는 그리스도의 수난과 속죄의 의미가 가장 직접적인 감각으로 살아 있었으며, "날마다 숨쉬는 순간마다"로 시작되는 노래에는 인간의 유한성과 하나님의 약속의 권능이 감동적인 서사로 녹아 있었다. "내게 강 같은 평화"나 "이 시간 주님께 기도합니다" 같은 고전적인 노래 역시 자신의 내면을 다스리고 기도의 중요성을 체득하는 데 더없는 교사의 역할을 하였다. 조금 과장해서 말하면, 평이한 '언어'로 전달되는 '설교'보다 '노래'로 전달된 복음이 훨씬 강렬하게 신자들의 내면을 자극하면서 깊은 은혜의 경험을 주었다고도 할 수 있다.

그렇기 때문에 복음 전파의 활력이나 신앙생활의 깊이를 위해서도 가스펠의 위상은 계속 강조될 필요가 있다. 그에 준하여 가스펠을 만들고 보급하는 이들의 교양이나 안목 그리고 영혼의 깊이와 너비 역시 더없이 중요하다고 할 수 있다. 우리가 CCM을 창작, 보급하는 이들에게 감각적 '재능'보다는 깊이 있는 '열정'과 섬세한 '안목'을 요청하고, '음악'적 실력과 함께 '인문'적 교양을 같이 주문하는 이유도 바로 여기에 있다.

2.

성경에는 하나님께 '시'와 '노래'로 찬양하라는 권고가 담겨 있다. 지금의 개념으로 보면 '시'는 노랫말에, 그리고 '노래'는 그 노랫말을 싣고 있는 가락이나 멜로디를 의미하는 것으로 생각하기 쉽다. 그러나 당시에 '시'와 '노래'는 같은 내포를 지닌 개념이었다. 인류 역사에서 '시'(문학)와 '노래'(음악)가 분리되는 시점은 거칠게 잡아서 근대 이후이다. 그 이전에 '시'는 당연히 '노래'로 불렸고, 아름다운 멜로디에는 그에 어울리는 '시'가 언제나 결합되어 있었다. 그러던 것이 근대 이후, 노랫말은 '시'의 영역으로, 가락과 멜로디는 '음악'의 영역으로 급속히 분화되기에 이른 것이다. 이는 물론 숨가쁘게 분업화·전문화의 길을 걸은 근대의 자기 반영의 흔적일 것이다.

그래서 이제 시인은 음악에 조예가 없어도 그만이고, 음악가는 문학과 담을 쌓아도 그리 부끄러울 게 없게 되었다. 그러나 CCM이라는 것이 궁극적으로 '신앙'이라는 절대적 행위와 연관된다는 점에서, 이 같은 분업화의 길보다는 그 두 가지를 아우르는 통합된 안목이 요구된다고 말할 수 있다. 특히 CCM의 경우, 전문적인 작사가(혹은 시인)가 거의 부재한데다, 교역자들이나 음악 사역자들이 아마추어 차원에서 작사하는 경우가 많아서 그 안에 깊이 있는 경험과 영성의 의미를 담기 어려웠다고 할 수 있다. 따라서 눈에 잘 띄는 성경 말씀을 멜로디에 맞게 약간 변주한다든가, 아니면 소박한 신앙생활의 감동이 담겨 있는 언어에 그치는 예가 많은 것이다.

그런 만큼, 이제 우리 CCM의 노랫말은 그 자체로 음악성과 율격을 지향하면서도(산문적인 말씀을 그대로 멜로디로 옮기는 것을 벗어나 그것을 리듬에 맞게 창작하는 능력이 요구된다. 왜냐하면 '노래'는 내적 율동의 표현이니까), 그 안에 기독교의 다양하고 오랜 경륜과 비전이 담겨야 한다. 그런 뜻에서 CCM을 창작하고 보급하는 데 전문적인 소명의식을 가진 분들의 참여가 요청되는 시점이라 할 것이다.

3.

원래 '노래'는 '놀다play'라는 말에서 유래한 우리말이다. 그만큼 그 어원에는 인간의 유희 본능이 깊이 배어 있다. 이는 '노래'의 기원 자체가 경박한 유희 충동을 충족하는 데 그 근본이 있다는 뜻과는 전혀 다르다. 이러한 어원에는 '노래'에 다른 어떤 것과 비교할 수 없는 '즐거움pleasure'이 담겨 있다는 것을 함의

한다. 그래서 거룩한 '노래'는 우리를 즐겁게 해주고, 은혜를 주며, 깨달음을 주고, 우리를 하나님께 즐거이 인도하는 힘을 지니는 것이다.

성경은 말씀한다. "새 노래로 여호와께 노래하라"(시편 96:1). 여기서 '새 노래'는 새로 만들어진 '신곡新曲'을 말하는 게 아니다. 그야말로 "하나님을 찬미하며 또 온 백성에게 칭송을 받"(사도행전 2:47)았던 초대 교인들처럼, 이웃에게 복음을 전파하면서도 그 복음의 내용을 자신의 삶을 살아내는 사람들, 그럼으로써 주위 사람들로부터도 보편적 공감을 얻고 있는 사람들이 깊은 체험에서 뱉어내는 삶의 언어가 바로 '새 노래'의 내용인 것이다.

따라서 앞으로 창작되는 '새 노래'는 인간이 본능적으로 지닌 내적 리듬과 인문적 교양을 두루 충족시키는 깊이 있는 내용을 함께 구현하여야 할 것이다. 이러한 결과가 음악에 대한 남다른 감각과 애정 그리고 인간과 삶을 파악하는 높은 안목에서 도출되는 것임은 물론이다. 그럴 경우 그 '새 노래'에는 인간의 음성을 통한 하나님의 음성이 짙게 밸 것이다.

그러므로 '새 노래'는 결국 인간에 의해 바쳐지는 '신곡神曲'인 셈이다.

지은이 유성호

1964년 경기 여주에서 태어났다. 연세대 국문과와 같은 대학원을 졸업했다. 서남대 국문과, 한국교원대 국어교육과를 거쳐 지금은 한양대 국문과 교수로 재직중이다. 서울신문 신춘문예 문학평론에 당선되었으며, 저서로 『침묵의 파문』『움직이는 기억의 풍경들』『서정의 건축술』 등이 있다. 김달진문학상, 팔봉비평문학상, 김환태평론문학상 등을 수상했다. 문학과 종교와 역사에 대한 글쓰기와 강연을 지속하고 있다.

단정한 기억

초판 1쇄 인쇄 2019년 9월 6일
초판 1쇄 발행 2019년 9월 16일

지은이 유성호 | 펴낸이 신정민

편집 최연희 | 디자인 이보람 | 저작권 한문숙 김지영
마케팅 정민호 정현민 김도윤 | 홍보 김희숙 김상만 오혜림
모니터링 이희연 | 제작 강신은 김동욱 임현식 | 제작처 상지사

펴낸곳 (주)교유당
출판등록 2019년 5월 24일 제406-2019-000052호

주소 10881 경기도 파주시 회동길 210
문의전화 031) 955-8891(마케팅) | 031) 955-2692(편집)
팩스 031) 955-8855
전자우편 gyoyuseoga@naver.com

ISBN 979-11-90277-06-8 03810

◦ 이 도서의 국립중앙도서관 출판예정도서목록(CIP)은 서지정보유통지원시스템 홈페이지(http://seoji.nl.go.kr)와 국가자료공동목록시스템(http://www.nl.go.kr/kolisnet)에서 이용하실 수 있습니다.(CIP제어번호: CIP2019033689)

이 도서는 한국출판문화산업진흥원의 '2019년 출판콘텐츠 창작 지원 사업'의 일환으로 국민체육진흥기금을 지원받아 제작되었습니다.